우리는 가시버시입니다

KB102123

우리는 가시버시입니다

ⓒ 호르바, 2024

초판 1쇄 발행 2024년 7월 22일

지은이   호르바
펴낸이   이기봉
편집   좋은땅 편집팀
펴낸곳   도서출판 좋은땅
주소   서울특별시 마포구 양화로12길 26 지월드빌딩 (서교동 395-7)
전화   02)374-8616~7
팩스   02)374-8614
이메일   gworldbook@naver.com
홈페이지   www.g-world.co.kr

ISBN   979-11-388-3254-0 (03810)

청소년부모의 고난 극복 이야기

우리는
가시버시입니다

호르바 지음

좋은땅

차례

기쁨

답이 틀렸다. 6월 모의평가 수학 영역 미적분 30번 문제를 일주일째 풀고 있다. 백 분의 시험 시간 중 스물아홉 문제를 풀고 남은 시간을 이 한 문제에 쏟아부었는데도 풀지 못했다. 뭘 놓친 걸까? 문제에 열쇠가 있을 텐데……. 풀지 못한 수학 한 문제 때문에 삶이 벽으로 막힌 느낌이다. 책상 서랍 안쪽 깊숙이 손을 집어넣어 담배와 라이터를 꺼냈다. 누가 보지도 않는데 무의식적으로 재빨리 바지 주머니에 찔러 넣었다. 슬리퍼를 신고, 계단을 올라 옥상으로 갔다. 옥상 철문을 조심스레 당겨서 열었다. 낮에는 허공으로 울려 퍼져 사라지는 소리도 밤이 되면 덩어리져 무겁게 굴러다닌다. 아래층에서 잠든 사람들이 깨지 않도록 몸 하나 빠져나갈 정도만 살짝 열었다. 철과 콘크리트가 긁히며 소름 끼치는 소리가 났지만, 빌라 사람들의 잠을 깨울 정도는 아니었다. 옥상에는 빨랫줄, 전깃줄, 인터넷 선이 거미줄처럼 엉켜 있었다. 주의를 기울이지 않으면 늘어진 빨랫줄에 머리가 걸리거나, 고추나 나물을 말

우리는 가시버시입니다

리기 위해 받쳐 놓았던 벽돌에 발을 찧을 수 있다. 여러 번 그런 일을 겪고 나니 이젠 능숙하게 장애물을 피해 평상에 걸터앉을 수 있게 됐다. 공기 속에 가득한 습기가 몸에 들러붙었다. 심호흡해서 공기를 폐로 집어넣으며 주변을 둘러봤다. 교회 십자가가 불빛을 내뿜고 있었다. 시선을 어디에 둬도 십자가가 보였다. 할렐루야, 날 용서해 주시길…….

담배와 라이터를 꺼냈다. 불을 붙이고, 공기가 가득 들어 있을 폐 속으로 연기를 빨아들였다. 담뱃갑에는 후두암 환자의 사진이 박혀 있었다. 이런 사진을 보고 담배를 끊는 사람이 있을까? 사진이 보이지 않게 담뱃갑을 뒤집었다. 담배 한 개비당 육 분씩 수명이 단축된다고 했던가? 몇 살까지 살 수 있을지도 모르는데 그게 무슨 소용이람……. 수명이 정해진 것도 아닌데. 그래도 담배 연기를 내뿜을 때마다 끊어야겠다고 생각한다. 처음 담배를 피울 땐 집중력이 올라가고, 어려운 수학 문제를 푸는 데 도움이 됐다. 이제 그런 효과는 없어지고 습관적으로 피운다. 금세 담배 한 개비가 다 타 버렸다. 콘크리트 바닥에 비벼 껐다. 담배 한 개비를 더 꺼내려는데 멀리서 병 깨지는 소리가 울려왔다. 누군가 술에 취해 행패를 부리는 모양이다. 그냥 담배와 라이터를 주머니에 넣고, 담배꽁초를 주워 집으로 들어왔다.

라디오에선 클래식이 흘러나왔다. 방 한 칸과 부엌이 딸린 작은 거실이 있는 집은 혼자 지내기에 충분했다. 가구나 가전이 많지 않아 넓어 보였다. 유일한 가구는 책상뿐이다. 가전은 냉장고, 세탁기, 선풍기 정도. 라디오가 TV를 대신하고 있다. TV는 고장 나서 가전 중고매장에 넘겼다. 신기하게도 TV는 한 사람 몫을 해서 외로움을 달래 주었다. 집에 들어오면 나가기 전까지 항상 켜 두었다. 언제부턴가 TV가 깜박깜박했다. 죽을 만큼 아프다고 외치는 것 같았다. 그 외침을 무시했더니 스스로 픽 꺼지고 다시는 켜지지 않았다. TV가 깨뜨리던 정적이 집에 가득 차자 외로워 버티기 힘들어졌다. 심지어 집이 빙빙 돌 정도로 어지러웠다. TV를 장만하기 위해 중고매장으로 갔다. 중고라도 사려니까 비쌌다. 결국 고장난 TV를 주고 라디오를 가져왔다. 돈 한 푼 들이지 않고 원하는 바를 이뤄서 만족스러웠다. 라디오는 TV처럼 껐다 켜기를 하지 않아도 됐다. 음질 좋은 채널을 골라서 적당한 음량으로 온종일 틀어 놨다. 학교를 마치고 오면 누군가가 나를 마중하는 느낌이 들어 좋았다. 집에 놀러 온 똥파리는 핸드폰에 라디오 앱을 깔아서 깨끗한 음질로 들으라고 떠들어 댔지만, 내게 라디오는 그런 용도가 아니다. 가끔 지지직거리거나 다른 주파수가 섞여 나올 때도 있지만, 옆에서 누군가가 웃거나 여러 사람이 떠드는 느낌이 들어 외로움을 줄일 수 있었다.

다시 책상 앞에 앉았다. 일주일 동안 집착하게 만든 수학 문제가 날 비웃으며 기다리고 있었다. 그냥 풀이를 볼까? 아니다. 그건 패배를 인정하는 거다. 다시 문제를 꼼꼼히 읽어 보자. 벌써 백 번은 읽었을 문제를 다시 읽었다.

"실수 전체의 집합에서 증가하고 미분 가능한 함수……."

다시 풀었으나 답이 또 틀렸다. 아……. 폐 속에 남았을 담배 연기의 흔적마저 내뱉듯 한숨을 쉬었다. 볼펜을 팽개치고 문제를 노려봤다. 이놈의 집안같이 답이 없다.

우리는 가시버섯입니다

내 이름은 지표다. 한지표. 내가 태어난 2005년, 네덜란드 태극듀오로 불리며 PSV에인트호벤에서 활약하던 박지성과 이영표가 프리미어리그로 진출했다. 축구광이던 아빠는 두 선수의 이름에서 한 글자씩 따와 내 이름을 지었다. 아마도 아빠는 내가 세계적인 축구선수가 되길 바랐나 보다. 하지만 그건 아빠의 기대일 뿐 엄마의 성향을 물려받은 나는 뛰고 땀 흘리는 걸 싫어했다. 비가 와도, 버스가 떠나려고 해도, 엘리베이터 문이 닫히려 해도 뛰지 않는다. 뛰는 것보다 기다리는 게 편하다.

　엄마 아빠는 큰 기대를 하지 않아서인지 나를 대충 키웠다. '그만 자고 일어나라', '핸드폰 그만하고 공부해라'와 같이 자식에게 할 만한 흔한 잔소리도 하지 않았다. 어쩌면 잔소리할 시간이 없었는지도 모른다. 아빠는 건설 현장을 쫓아 전국 여기저기를 돌아다녔고, 한 번 나가면 길게는 일 년 넘게 그곳에 있었다. 아빠가 생활비를 보내긴 했지만, 넉넉지 않아서 엄마는 나를 돌보는 것보다 일을 선택했다. 엄마가 무슨 일을 하는지 알 수 없었으나, 어린 나는 궁금하지 않았다. 어린 시절은 남에게 맡겨진 기억만 존재한다. 초등학교 입학 후엔 남에게 맡겨지지도 않았다. 학교가 끝나면 친구들과 놀며 시간을 보내다 빈집에 들어와 씻지도 않고 잠들었다. 밤늦게 들어온 엄마가 옷을 벗기고 이불을 덮어 줬다. 아침마다 알람 소리에 잠을 깨면 동그란 양철 밥상에 놓인 밥과 반찬이 지난달 벽걸이 달력으로 덮여 있었다. 얼굴 보기 힘든 엄마 아빠는 한쪽 벽에 걸린 사진 속에서 애써 웃으며 가족임을 알려 주었다.

초등학교 졸업식 때 세 식구가 모여 외식을 했다. 함께 식사한 게 언제였는지 가마득했다. 자장면을 먹는 내내 엄마 아빠는 아무 말이 없었다. 자장면을 비비는 내게 엄마가 "지표야, 졸업 축하해."라고 한마디 한 게 전부였다. 자장면을 한입 가득 먹었다. 엄마 아빠와 함께 있다는 사실에 감격해 가슴속 깊은 곳에서 뜨거운 기운이 올라왔다. 기분 좋은 자리에서 울고 싶지 않았다. 터져 나오려는 눈물을 꾹꾹 참아 가며 자장면을 먹었다.

허전하고 커 보이던 집이 따뜻한 공기로 가득 차서 좁게 느껴졌다. 엄마는 부엌에서 과일을 깎고, 아빠는 TV를 켜서 리모컨으로 채널을 돌렸다. 오랜만에 느끼는 집안 분위기였다. 이런 분위기가 어색해진 나는 어떻게 행동해야 할지 몰라 여기저기 두리번거리며 왔다 갔다 했다. 그런데 점점 가슴이 답답해지고, 손이 차가워지고, 식은땀이 나더니 어지러웠다. TV 앞에서 픽 쓰러지자 아빠가 놀라 급하게 다가왔다. 엄마도 주방에서 놀란 얼굴로 달려왔다. 아빠는 손을 주무르고, 엄마는 식은땀을 닦아 가며 어디가 아프냐고 물었다. 가슴이 답답하고 어지럽다는 말에 아빠는 체한 거라고 판정했다. 아빠는 서랍을 뒤져 바늘을 찾아왔다. 등과 오른팔을 쓱쓱 쓸어내려 피가 손끝에 모이도록 주무르더니 실로 엄지손가락 마디를 감았다. 무서워서 고개를 돌리자 엄마가 내 머리를 감싸안았다. 향긋한 엄마 냄새에 취하려는데 바늘이 손톱 위 피부를 찔렀다.

"아야!"

고개를 돌려 보니 검붉은 피가 흘러나오고 있었다. 가슴을 꽉 누르고

우리는 가시버섯입니다

있던 뭔가가 가벼워졌다. 아빠는 왼손도 해야 한다며 다시 피를 모았다. 괜찮다며 손을 빼려고 했으나 엄마는 내 몸을 잡고, 아빠는 손을 잡아서 도망칠 수 없었다. 다시 실에 감긴 엄지손가락에 바늘이 들어갔고, 검붉은 피가 흘러나왔다. 엄마는 약을 사 왔고, 아빠는 이부자리를 펴서 날 눕혔다. 약을 먹고 나니 잠이 왔다. 선잠이 들었을 때, 엄마 아빠의 대화 소리에 눈이 떠졌다. 벽 쪽을 보고 돌아누워 자는 척하며 얘기를 들었다.

"그동안 미안했어. 이젠 행복하게 살아."

"당신에게도 미안하지만, 지표에게 가장 미안해요. 아직 어린데…….'

"지표에게 미안한 건 나도 마찬가지지. 지표는 혼자 잘 지낼 수 있을 거야. 그동안 잘 버텼잖아."

"쉽게 합의해 줘서 고마워요."

"내가 당신에게 뭘 요구할 자격이 있나? 나는 남편 자격이 없는 사람이야. 지난 세월 다 잊고, 새 사람과 행복하게 살아."

엄마는 더는 말없이 집을 나갔다. 아빠는 냉장고에서 소주를 꺼내 잔에 따라 마시며, TV를 켰다. 내가 잠에서 깰까 봐 급하게 볼륨을 낮췄다. 나는 조용히 울다가 잠이 들었다.

자는 내내 돌에 눌린 것처럼 가슴이 답답했다. 뒤척이다 결국 이불을 걷어차고 몸을 일으켜 앉았다. 구역질이 났다. 화장실로 달려가 변기 뚜껑을 열고, 소화되지 않은 채 남은 음식물을 토했다. 낮에 먹었던 자장면이 그대로 쏟아져 나왔다. 몇 차례 토하고 나니 눈물과 콧물이 범벅되어 몰골이 엉망이었다. 찬물로 세수하니 머리가 가벼워지고, 배 속이 편안해졌다. 꺼진 TV 앞에 빈 소주병 하나가 놓여 있었다. 화장실 불빛이 소주병을 통과해 퍼졌다. 아빠는 이미 나가고 없었다. 엄마 아빠는 그렇게 날 버려 둔 채 담담하게 이혼했다. 내게 어떤 설명도 없이…….

중학생이 되면서 혼자의 시간이 시작됐다. 이젠 이불을 덮어 주고, 아침 식사를 차려 주는 사람이 없었다. 엄마 아빠의 이혼이 믿기지 않았지만, 놀랍게도 금방 적응했다. 아빠는 연락도 없이 일 년에 한 번 집에 왔다. 아빠는 엄마가 떠나던 날 갔던 중국집에서 자장면과 탕수육을 사 줬다. 그리고 TV를 보며 소주 한 병을 비우고, 다음 날 새벽에 아무 말 없이 떠났다. 아빠와 나는 그렇게 일 년에 한 번씩 서로의 생사를 확인했다. 안부 인사도 없이. 과연 아빠는 집에 올 때마다 내가 있길 바랄까, 없길 바랄까?

부모의 돌봄을 받지 않는데도 나는 별 탈 없이 자랐다. 굳이 탈 하나를 뽑는다면 담배였다. 똥파리는 내게 묻지도 않고 우리 집을 아지트로 삼았다. 담배를 피우고 싶거나, 술을 마시고 싶으면 공부한다는 핑계로 우리 집에 왔다. 똥파리 부모님은 수학 성적이 좋다는 이유만으로 나를 신뢰했다. 공부 못하는 애보다 수학 잘하는 애랑 놀면 뭐 하나라도 얻겠지 하는 기대가 있는 것 같았다. 그 기대가 아주 어긋나는 건 아니었다. 내가 수학 수행평가를 도와주긴 했으니까. 똥파리는 어렵지도 않은 피타고라스 정리 때문에 골치 아파하고, 나는 고등학교 수학을

　　　　　　　우리는 가시버시입니다

독학하느라 끙끙거리고 있었다.

"에이, 못 하겠다. 쌍!"

"왜 그래?"

"21세기에 사는 내가 왜 기원전에 만든 공식을 배워야 하냐고……."

"와, 나름 논리적인데?"

"장난하냐? 그리고 너는 중학생이 왜 고등학교 수학을 공부하냐? 누구 기죽이려고 그러냐?"

"중학교 수학은 별로……. 나도 고등학교 수학을 혼자 공부하려니 힘들어. 누가 쉽게 설명해 주면 좋을 텐데……."

"인강 들어."

"그것도 별로야. 강의가 아니라 질문에 대한 답을 듣고 싶거든. 궁금한 게 너무 많은데 답해 줄 사람이 없으니 답답해."

"답답해? 그럴 때 좋은 게 있지."

똥파리는 가방에 머리를 디밀고 뒤적거려 담배를 꺼냈다. 창문을 열고 책상에 걸터앉아 담배에 불을 붙였다. 스멀스멀 벌레가 기어가는 것처럼 연기를 내며 담배가 타들어 갔다. 똥파리는 한 모금 빨아 길게 연기를 내뿜더니 담배를 권했다. 그렇게 나의 흡연이 시작됐다.

아빠는 어떤 연락도 하지 않았지만, 나를 잊지 않았다. 월세를 때맞춰 집주인에게 보냈고, 매달 생활비를 내 명의로 된 통장에 입금했다. 고등학생이 되자 아빠는 사십만 원을 더 보냈다. 처음엔 월세를 잘못 보냈나 했는데, 그게 아니었다. 고등학교 수업료를 보낸 것이었다. 삼 개월마다 보내서 그렇게 추측할 수 있었다. 아빠는 고등학교도 무상교육이 된 걸 모르는 것 같았다. 굳이 아빠에게 말하지 않았다. 그 돈을 모아서 대학 등록금으로 쓸 예정이었다.

엄마는 나를 떠났지만, 남다른 재능을 주고 갔다. 엄마 아빠 누구도 학창 시절에 수학을 잘하지 못했는데, 나는 어릴 적부터 수학만 좋아하고 잘했다. 엄마는 아무 근거 없이 "날 닮아서 그래."라고 했다. 엄마의 몸에서 나왔으니 근거가 없어도 인정할 수밖에 없었다. 엄마가 물려준 재능을 최대한 키우려고 노력했다. 다른 공부는 하나도 안 하고 수학만 공부했다. 그래서 수학은 항상 1등급을 받았다. 나는 수학자가 되고 싶다. 수학과로 대학 가면 과외나 학원 강사로 돈을 벌 수 있을 것이다. 그렇게 돈을 모아 대학원에 가고, 외국에서 유학할 예정이다. 여유가 되면 수학의 성지인 그리스로 배낭여행을 떠날 수도 있을 것이다. 힘들 때마다 앞으로 펼쳐질 미래를 생각하면 견뎌낼 수 있었다. 수학을 좋아하고 공부하는 이유는 답이 있기 때문이다. 풀리지 않는 인생을 수학으로 풀어내고 싶다. 그 누구도 반박할 수 없는 명쾌한 답을 찾아낼 것이다. 그리고 나중에 말할 것이다. 어떤 도움도 없이 나 스스로 문제를 풀어냈다고.

아침 식사를 거르고 학교 갈 준비를 했다. 현관문을 여니 바깥 문손잡이에 까만 비닐봉지가 매달려 흔들렸다. 빵이 들어 있었다. 포장도 되지 않은 채 밀폐용 백에 담겨 있었다. 언제부턴가 일주일에 한 번씩 누군가가 빵을 두고 갔다. 직접 만든 빵인지 모양과 크기가 일정치 않

우리는 가시버시입니다

왔다. 혼자 다 먹을 수 없는 양이었다. 학교에 가지고 가면 반 친구들이 좀비처럼 덤벼들어 먹어 치울 것이다. 빵이 든 비닐봉지를 한 손에 들고 학교로 가고 있는데, 갑자기 나타난 똥파리가 확 낚아챘다. 편의점 안에서 내가 지나가길 기다렸다가 때맞춰 나왔을 것이다.

"이거 뭐야? 빵이네. 나 먹어도 돼?"

"네 손에 든 거 먹어. 그건 빵 아니냐?"

똥파리의 손에는 포켓몬 빵이 두 개 들려 있었다.

"이건 고객님을 위한 거야. 특별 구매 요청받았거든."

똥파리는 편의점 아들이다. 부모님은 밤낮으로 힘들게 일하며 판매 실적을 올렸고, 똥파리는 편의점 물건을 빼돌려 나름대로 실적을 올렸다. 중학생 때는 '껌팔이'로 불렸다. 편의점에서 과자, 빵, 껌, 초콜릿, 바나나우유와 같은 간식거리를 빼돌려 배고픈 친구들에게 백 원을 더 받고 팔아넘겼다. 고등학생이 되면서 사업을 확장했다. 주문받는 상품은 주로 담배였다. 불법으로 내려받은 온갖 야동, 음악, 영화 파일들을 핸드폰에 저장해서 돈을 받고 복사해 주기도 했다. 벤처사업가답게 다양한 기기를 연결할 수 있는 케이블을 핸드폰 고리로 달고 다녔다. 걸리면 큰일 난다고 잔소리를 해도 똥파리는 집안 내력이라서 어쩔 수 없다며 웃어넘겼다. 똥파리는 아빠의 어릴 적 일화를 우스갯소리로 했다. 아빠가 어릴 때 학교에서 채변 봉투를 걷었는데, 친구들 것을 대신해 주고 떡볶이를 얻어먹었다는 얘기였다. 그래서 아빠의 어릴 적 별명이 '똥파리'였다고 한다. 그 얘기를 들은 친구들은 '껌팔이'를 '똥파리'로 바꿔 불렀다. 확장된 사업만큼 간판이 바뀐 셈이다.

"그건 누가 주문했냐?"

"노쌤. 오천 원에 사겠대. 두 개에 만 원. 짱이지?"

"그거 하나에 천오백 원 아냐? 근데 오천 원에 판다고?"

똥파리는 이미 빵 하나를 꺼내 먹고 있었다.

"내가 그렇게 파는 게 아니라, 노쌤이 그렇게 사겠다는 거야. 나야 좋지. 근데 이 빵 생긴 건 엉망인데 맛있다."

"그래?"

"이 빵 누가 두고 가는지 알아냈어?"

"아니."

"나의 예리한 추리력으로 예상되는 한 명이 있는데……."

"누구?"

"아직 물증은 없어. 심증만 있지."

"아, 그래서 누군데?"

"왜 있잖아, 도서실에 뚱뚱한 여자애."

"그렇게 말하면 내가 어떻게 아냐? 이름을 말해야지."

"그건 나도 모르지. 근데 본 적은 있지? 걔가 너 흘깃 보던데……."

"너 괜한 소리 하고 다니지 마라. 이상한 소문 퍼지면 가만 안 둔다."

"네……. 걱정하지 마세요. 근데, 그 문제 풀었냐?"

"아직. 그 문제 때문에 담배만 는다."

"고객님, 담배 필요하시면 말씀하세요. 단골이시니 특별히 정가로 드리겠습니다."

"미친놈. 나 담배 끊을 거야."

우리는 가시버시입니다

"정말?"

"담배 피워서 머리가 안 돌아가는 것 같아. 이렇게 일주일이나 못 푼 문제가 없었는데."

"널 흡연자로 만든 사람으로서 무한한 책임감을 느낀다."

"그렇게 생각한다면 고기 사 줘. 아무래도 매일 급식과 라면만 먹어서 그런 것 같아."

"좋아, 형이 고기 한번 사 주지. 오늘 노쌤한테 이 포켓몬 빵 판 돈으로 삼겹살 사서 집으로 갈게. 그리고 소주 한 잔?"

똥파리는 소주잔을 들고 마시는 시늉을 했다.

"나 술도 끊을 거야."

"미쳐……. 다 끊고 무슨 재미로 사나? 그놈의 수학이나 좀 끊어라."

수다 떨다 보니 어느새 학교에 도착했다. 똥파리에게서 빵이 든 비닐봉지를 뺏어 한 개를 입안 가득 물었다. 똥파리 말대로 맛있었다. 빵 재료를 아끼지 않고 만든 것 같았다. 똥파리가 말한 도서실 뚱뚱한 여자애는 누굴까? 매일 도서실에 가지만 그런 애를 본 적이 없었다. 오늘은 주의 깊게 살펴봐야겠다.

다른 반과 달리 담임인 노쌤은 조회하러 교실에 들어오지 않는다. 그 대신 매일 한 시간씩 있는 수학 수업을 이용해서 가정통신문을 나눠 주는 정도의 담임 업무를 했다. 반장인 똥파리는 아침마다 창문에 기대서 밖을 내다보며 담임의 출근을 체크했다. 똥파리는 '내일의 날씨'를 예고하듯 '오늘의 담임 기분'을 예상했다. 나름대로 논리적인 근거로 담임의 기분 상태를 파악해서 반 애들에게 신호등처럼 분필 색깔로 안내했다. 담임의 기분이 안 좋을 것 같으면 칠판 오른쪽 위 구석에 빨간색 분필로 동그라미를 그리고 색칠했다. 기분 좋을 것 같으면 파란색 분필로, 확실치 않으면 노란색 분필로 칠했다. 반 애들은 안전한 학교 생활을 위해서 그 표시에 맞춰 행동했다. 빨간색이 칠해져 있으면 반 애들은 담임에게 어떤 질문도, 부탁도 하지 않았다. 최대한 눈에 띄지 않으려고 노력했고, 제출할 서류가 있어도 다음 날로 미뤘다. 반면 파란색이 칠해져 있으면 몇몇 애들은 기다렸다는 듯이 현장 체험 학습을 신청하거나, 이런저런 핑계로 조퇴를 했다. 희한하게도 빨간색일 때 안 되던 일들도 파란색일 땐 모두 성공적으로 이뤄졌다.

똥파리가 담임의 기분 상태를 파악하는 근거는 세 가지다. 첫째는 주식과 코인 시황이다. 반장인 똥파리가 심부름으로 교무실을 들락날락할 때마다 노쌤의 핸드폰에는 주식이나 코인 시황이 떠 있었다고 한다. 똥파리는 몇 번의 경험을 통해서 주식과 코인이 오르내림에 따라 담임의 기분이 변화되는 걸 알게 됐다. 그래서 똥파리는 우리나라뿐만 아니라 미국의 증시도 파악했다. 둘째는 출근하는 시간과 속도다. 담임이 일찍 출근하고 교문을 통과하는 차의 속도가 빠르면 기분이 나쁘고, 늦게 출근하고 천천히 들어오면 기분이 좋은 것이다. 똥파리는 자기를 예로 들어 그 이유를 설명했다. 엄마에게 잔소리를 들으면 빨리 학교 가고 싶어지고, 용돈 받으면 학교 가기 싫어진다는 것이다. 셋째는 담임의 옷이다. 치마를 입으면 기분이 좋은 것이고, 바지를 입으면 기분이 나쁜 것이다. 신기하게도 똥파리의 판단은 거의 맞았다. 애매

우리는 가시버시입니다

한 날도 있었지만, 그런 날은 주황색 신호등과 같아서 각자 눈치껏 행동하면 됐다.

"온다. 여유 있게 들어오는데……."

똥파리는 교실 뒤에 걸린 시계를 확인했다.

"삼 분 늦었네. 어디 보자. 오늘은…… 치마네."

삼 분 늦었으면 나름 일찍 출근한 것이다. 늦을 땐 1교시 시작종이 친 이후에 올 때도 있었다. 똥파리는 교실 앞으로 가서 파란색 분필로 동그라미를 칠했다. 몇몇 애들은 벌써 조퇴하거나 내일 생리 결석할 계획을 세우고 있었다. 똥파리는 가져온 포켓몬 빵을 들고 휘파람 불며 교무실로 갔다.

노쌤은 노 씨가 아니다. 그런데도 학생들 사이에선 노쌤으로 불린다. 이때 '노'는 'No'를 뜻한다. 학생들이 못 푸는 수학 문제를 들고 가서 질문하면 항상 "노!" 하고 돌려보낸다. 솔직한 건지, 부끄러움을 모르는 건지 "나는 그런 문제 못 푸니까 질문하지 마."라는 말을 스스럼없이 했다. 노쌤으로 불리는 이유가 하나 더 있다. 어느 지역 사투리인지 알 수 없으나 희한하게도 '너무'를 '노무'로 발음했다. 수업하기 싫을 때면 "내가 오늘 노무 힘들어. 그러니까 조용히 자습해."라고 말했다. 한번은 담임이 잔뜩 화가 나서 혼낼 때 "노 이 새끼!"라고 해서 혼나는 당사자와 듣고 있던 주변 애들이 웃었던 적이 있다. 물론 노쌤만 그 이유를 몰랐고, 혼나던 애는 웃었다는 이유로 안 써도 되는 반성문까지 쓰게 됐다.

어른들의 무심함에 익숙한 나는 그런 노쌤이 편했다. 반면에 다른 애들은 불평불만이 심했다. 자신에게 신경 쓰지 않는 게 편하면서도 학교생활 기록부가 엉망으로 될까 봐 걱정했다. 담임이 학교에서 이뤄지는 각종 대회나 행사 안내를 안 해 주기 때문에 옆 반 친구를 통해서 소식을 접해야 했다.

4교시가 끝나고 점심시간이 됐다. 똥파리는 급식이 맛없다고 투덜거리며 밥과 반찬을 남겼다. 나는 똥파리가 남긴 반찬까지 집어 먹으며 식판을 깨끗이 비웠다.

"와, 설거지 안 해도 되겠다. 급식이 맛있냐?"

"맛있어서 먹냐? 살려고 먹지."

툭 뱉은 말에 똥파리는 겸연쩍어하며 식판을 들고 일어났다. 학교에서 먹는 급식이 내가 하루 중 유일하게 먹는 밥이란 걸 똥파리는 알고 있었다.

"축구하러 갈 건데, 같이 하자?"

"귀찮아. 뛰어서 땀나는 거 싫어."

"그냥 물어봤어. 나 먼저 간다."

급식소를 나온 똥파리는 운동장으로 뛰어갔다. 중학생 때까지 공부 좀 했던 똥파리는 고등학생이 된 후 시도 때도 없이 축구를 했다. 축구가 그렇게 좋을까? '지표'라는 이름은 나보다 똥파리에게 어울리지 않을까?

내가 수학만 공부하듯이 똥파리는 축구만 했다. 1차 지필평가가 끝난 후 3학년 축구 리그가 있었다. 똥파리는 물 만난 물고기처럼 반 애

우리는 가시버시입니다

들의 특성을 파악해서 포지션을 짜고, 점심시간과 체육 시간을 이용해서 훈련시켰다. 노쌤은 다른 반 담임과 달리 응원하러 운동장에 한 번도 나오지 않았지만, 우리 반은 똥파리의 지도력으로 우승했다. 상금으로 십만 원을 받았으나, 그 돈은 노쌤의 손으로 들어갔다.

"노무 수고했다."

노쌤은 그렇게 한마디하고, 학급비로 보관하겠다고 했다. 똥파리는 졸업 때까지 그 돈을 잊지 않겠다고 각오를 다졌다.

"노쌤이 왜 날 반장 시켰는지 이제야 알겠어."

"뭔데? 나도 그게 궁금하긴 했어. 반장 뽑을 때 투표도 안 했잖아. 그냥 널 지목해서 반장 하라고 했었지."

"공부도 못하는 날 왜 반장을 시킬까 의아했거든? 지금 생각해 보니까 부려 먹기 좋았던 거야. 담임이 날 처음 봤을 때 우리 집 편의점 하냐고 물어봤거든."

"편의점이랑 반장이랑 무슨 상관이야?"

"엄마한테 들었는데, 학교에 행사만 있으면 담임이 문자를 보냈대."

"뭐라고 보냈는데?"

"그냥 안부 인사하듯 보냈는데, 다 읽고 보면 애들 간식 보내 달라는 느낌이 들었대."

"그러면 그동안 우리가 먹었던 음료수나 아이스크림이 노쌤이 사준 게 아니라……."

"맞아, 우리 엄마가 보낸 거였어. 이번 축구 결승전 때 애들이 마신 이온 음료도 엄마가 보낸 거래."

"어쩐지……. 그럼 그렇지. 노쌤답다."

"야, 그리고 우승 상금을 왜 자기가 가지고 있냐? 준우승한 반은 축구 한 애들이 알아서 쓰라고 담임이 줘서 반 애들과 떡볶이 파티했다던데."

"그래?"

"아우, 짜증나. 결국 나는 노쌤에게 이용만 당한 거야. 바보처럼 졸업하기 전에 반장 한번 해 본다고 좋아했네. 그런 줄도 모르고 엄마는 친척들한테 나 반장이라고 자랑도 했다니까. 이깟 반장이 뭐라고……."

똥파리는 노쌤에게 이용당할 때마다 "복수할 거야."라고 했다. 그러나 무슨 방법이 있을까? 똥파리는 매번 당하면서 속만 끓였다.

"그냥 조용히 있다 졸업해. 네가 성공하는 게 복수야."

"그게 무슨 복수냐? 노쌤은 아무 피해 없는데……."

"그렇다고 뭐 뾰족한 수가 있냐? 얼마 남지도 않았는데 괜히 이상한 짓 해서 졸업 못 하지 말고."

"졸업이야 하겠지."

"모두가 졸업하는 게 아닐지도……."

똥파리는 겁을 먹고 움찔하더니 "그래, 너 잘났다."라고 말하며 내 목을 졸랐다. 그땐 똥파리에게 그런 말 할 처지가 아니라는 것을 몰랐다. 조용히 있다 졸업하고 성공해서 복수할 사람은 똥파리가 아닌 나였다. 내게 다가올 앞일을 모르고 주제넘은 말을 내뱉었다. '내뱉은 말은 반드시 나에게 돌아온다'라고 했던가? 내기하자며 말을 꺼내는 사람이 걸리는 경우가 자주 있다. 나는 똥파리의 '모든 학생은 졸업한다'라는 명제를 부정했다. 부정하면 '어떤 학생은 졸업을 못 한다'가 된다. 그 어떤

우리는 가시버시입니다

학생이 나일 줄 몰랐다.

    도서실에는 음악이 잔잔하게 흘렀다. 점심을 빨리 먹고 모인 도서반 애들은 책을 대출해 주거나 반납한 책을 정리하고 있었다. 책을 읽고 있는 사람은 다섯 명밖에 없었다. 도서실로 들어서며 빠르게 훑어봤다. 똥파리가 말한 뚱뚱한 여자애는 보이지 않았다. 도서실에서 일하는 애가 아닌가? 자연과학이라고 쓰인 책꽂이 쪽으로 갔다.

    점심시간, 도서실에 와서 수학책을 읽는 게 나의 유일한 취미다. 읽는 책들이 대부분 두꺼워서 대출하지 않는다. 대출해서 집에 가져간 적이 있었지만, 무겁게 가져가서 한 번도 읽지 않고 반납했었다. 집에선 수학 문제를 푸는 데 시간을 보내서 책이 잘 안 읽혔다. 점심시간을 이용해서 읽는 게 더 집중이 잘됐다. 익숙한 위치에서 책을 한 권 꺼내 들었다. 양장본으로 된 700페이지가 넘는 수학책을 한 달째 읽고 있다. 누가 신청해서 학교 도서실에 있는지 모르겠으나, 이 책을 보는 사람은 나밖에 없는 것 같았다. 읽던 곳을 포스트잇으로 표시해서 꽂아 놓으면 다음 날도 항상 그대로였다. 이 책을 사서 갖고 싶지만 내겐 너무 비쌌다. 표시해 둔 페이지를 펼쳤다. 어제 읽었던 문제가 적혀 있었다. 아홉 개의 진주 중 무게가 다른 하나를 찾기 위해서 양팔 저울을 최소 몇 번 사용해야 하는가를 묻는 문제였다. 내가 푼 답은 세 번이다. 풀이를 찾아보니 맞았다. 흐뭇해하면서 페이지를 넘겨 다음 문제를 읽었다.

    문제에 집중하고 있는데 똥파리가 갑자기 어깨동무하는 바람에 넘어질 뻔했다. 바닥으로 떨어진 책을 집으며 똥파리에게 원망의 눈빛을 보냈다. 똥파리는 땀을 뻘뻘 흘리며 가쁜 숨을 쉬었다.

"야, 왜 숨어 있어? 여기 없는 줄 알았잖아."

"숨긴……. 항상 여기 있었는데."

나는 도서실에 오면 앉아서 책을 읽지 않는다. 책꽂이 앞에서 책을 뽑아 들고 그 자리에 서서 읽는다. 그러면 책으로 둘러싸인 나만의 공간처럼 느껴져 기분이 좋아졌다. 나중에 방 하나를 서재로 만들어 모든 벽을 수학책으로 가득 채우고 싶다. 도서실에서 책을 읽으면 그런 가상세계 속에 있는 느낌이 들었다.

"너 걔 봤냐?"

"누구?"

"내가 말한 그 여자애. 빵 놓고 가는……."

"아까 슬쩍 봤는데, 없던데."

"어이구, 너 같으면 좋아하는 사람을 대놓고 보겠냐, 숨어서 몰래 보지."

"뭔 소리야?"

똥파리는 책을 뺏어 들더니 나를 빈자리에 앉혔다. 똥파리도 내 옆에 앉아 책을 탁자에 올려놓고 아무 데나 펼쳤다.

"책 보는 척해."

어리둥절해서 똥파리가 시키는 대로 했다.

"티 안 나게 앞에 있는 여자애 봐. 저 앞에 뚱뚱한 애 있잖아."

고개를 살짝 들어 앞을 봤다. 벽 쪽 책꽂이 뒤에 서 있는 여자애가 보였다. 그 애도 날 쳐다봤다. 나와 눈이 마주치자 당황했는지 들고 있던 책을 급하게 꽂았다. 그러더니 최대한 먼 거리를 유지하며 빙 돌아 도

우리는 가시버시입니다

서실을 나갔다.

"봤지? 쟤 부끄러워서 나가는 거. 우리 앞으로 지나가면 금방 나갈 수 있는데, 멀리 돌아서 가잖아."

"혹시 널 좋아하는 거 아냐?"

"야, 너 아직도 날 모르냐? 난 못생긴 건 참아도, 뚱뚱한 건 못 참아."

"주제를 알고 그런 말 해라."

"내가 어때서? 잘생기진 않았지만, 이 정도면 몸매 좋잖아. 내가 하체도 얼마나 튼튼한데……."

"그래, 알았어. 목소리 좀 낮춰라. 창피해."

신기했다. 나 같은 사람을 좋아하는 사람도 있구나. 나를 둘러싼 단단한 껍데기가 조금 깨진 것 같았다. 왜 날 좋아하는 걸까? 내겐 어떤 매력도 없는데…….

월요일이 됐다. 2차 지필평가가 얼마 남지 않아서 학교에 긴장감이 돌았다. 똥파리는 축구하는 애들이 줄어 재미가 없다며 종목을 족구로 바꿨다. 지필평가를 앞두고 밀려드는 수행평가 때문에 애들은 점심시간에도 정신이 없었다. 1교시부터 7교시까지 수행평가하는 날도 있었다. 애들은 피를 말리는 기분으로 화장실 가는 것도 참으며 쉬는 시간 십 분 동안 다음 수행평가를 준비했다. 단순히 암기력 테스트가 아닌 과제 수행 과정을 평가한다고 했던가? 외워서 하지 않는 수행평가가 있을까? 논술 주제를 알려 주면 애들은 집에서 인터넷을 뒤져 주제에 맞는 글을 쓰고, 달달 외웠다. 그리고 외운 대로 수업 시간에 나눠 준 B4 크기의 원고지에 글을 써서 제출했다. 도대체 어떤 과정을 평가한다는 거지? 검색하고 정리해서 외워 쓰는 과정을 말하는 건가? 수행평가는 택배 사기다. 교육부에서 수행평가를 주문하면 교사들이 포장해서 학생들에게 벽돌을 배달하는 느낌이다. 학생들은 벽돌처럼 이미 정해진 답을 보기 좋게 색칠하고 꾸며서 최고의 점수를 받기 위해 결과물을 만들어 내야 한다. 답답한 노릇이다. 나와 똥파리는 그런 사기를 당하지 않았다. 똥파리는 진정한 수행평가를 받았다. 애들처럼 미리 조사하지도, 외우지도 않고 그냥 할 수 있는 만큼만 했다. 어차피 기본 점수를 받을 게 뻔한 수행평가는 담당 선생님에게 편지를 써서 제출했다. 웃기게도 어떤 수행평가는 미리 준비해 온 애들보다 좋은 점수를 받을 때도 있었다.

　나도 마찬가지였다. 다른 과목 수행평가는 똥파리처럼 그 시간에 대충해서 제출했다. 수학 수행평가는 미리 준비할 필요도 없이 평소 실력으로도 만점을 받았다. 학원이나 과외로 수학 수행평가를 준비하는 애들은 들으라는 듯이 "재수 없어."라고 혼잣말했다. 우리 학교에서 미적분 과목을 선택한 학생은 백 명 정도였다. 상대평가로 석차 등급이 1등급부터 9등급까지 정해진다. 수강생의 4퍼센트인 네 명만 1등급을 받는다. 애들은 네 명 중 한 명은 나라고 예상했다. 지필평가와 수행평가가 모두 만점이기 때문이다. 2차 지필평가도 어렵지 않게 만점을 받을 수 있을 것이다. 애들은 나를 '수학 덕후'라고 불렀다. 국어 선생님은 애들에게 '덕후'는 일본어 '오타쿠'를 한국식으로 발음한 '오덕후'의 줄임말이니 쓰지 말라고 가르쳤으나, 정작 그 말을 가장 많이 쓰는 사람

　　　　　　　　우리는 가시버시입니다

은 노쌤이었다. 심지어 노쌤은 '수학 덕후'마저 줄여 나를 '쑤덕'이라고 불렀다.

점심을 먹고 똥파리는 족구하러 운동장으로 뛰어갔고, 나는 도서실로 향했다. 어, 뭐지? 지필평가를 앞두고 도서실을 개방하지 않는다는 안내가 문에 붙어 있었다. 그냥 돌아서려는데 도서실 안에서 떠드는 소리가 들렸다. 문틈으로 들여다보니 등이 켜져 있고, 여자애 두 명이 앉아 공부하고 있었다. 들어갈지 말지 망설였지만, 지난번 읽었던 문제의 답이 궁금했다. 그것만 보고 나오자는 생각으로 소리 나지 않게 문을 열었다. 뒤꿈치를 들고 책꽂이 사이로 슬며시 들어갔다. 두 사람은 뭔가에 집중하며 떠드느라 나를 보지 못했다.

"이게 뭐 어렵다고 못 하냐? 중학교 때 배운 거잖아."

"왜 이렇게 해야 하는지 모르겠어."

"그냥 외워! 생각하지 마. 공식으로 외우면 편해. 알았어?"

나는 책을 꺼내든 채로 두 사람의 대화를 엿들었다.

"이번이 마지막이야. 공식으로 알려 줄게. 이것도 모르면 나도 모르겠으니까 알아서 해. 완전 제곱식은 이렇게 바꾸는 거야."

한 사람은 연습장 위에 복잡한 공식을 쓰고, 다른 한 사람은 머리를 들이밀어 그 공식을 보고 있었다.

"와, 이걸 어떻게 외워? 무슨 암호 같은데……. 우리가 중학교 때 이런 걸 배웠다고? 근데 이게 왜 완전 제곱식이야? 뒤에 붙어 있는 식은 뭔데? 불완전 제곱식이나 부분 제곱식이라고 불러야 맞는 거 아냐?"

"야, 하지 마. 뭘 가르쳐 주면 그냥 좀 받아들이면 안 되냐?"

"만약 이거 모르면 이번 수학 시험 포기해야 하는 걸까?"

두 사람은 옆에 다가온 나를 눈치채지 못했다.

"아마 포기해야 할걸."

내 대답에 놀라 배우던 애가 벌떡 일어나는 바람에 의자가 나뒹굴었다. 두 사람은 눈동자를 이리저리 굴리며 날 쳐다봤다.

"미안, 나 때문에 놀랐구나."

두 사람이 너무 놀라는 바람에 나도 덩달아 놀랐다. 뒷걸음쳤던 나는 다시 두 사람에게 다가갔다. 자세히 보니 수학을 배우고 있던 사람은 나와 눈이 마주쳐서 도서실을 나간 그 애였다. 이번엔 도망도 못 가고 그대로 얼어서 얼굴이 빨갛게 익어 갔다. 얼굴이 통통하니 귀여웠다. 홍조를 띤 얼굴이 영락없이 복숭아 같았다.

"너희들 1학년이니?"

"네."

두 사람은 합창하듯 대답했다.

"이차 함수가 시험 범위구나."

"네."

"음……. 완전 제곱식이 어렵긴 하지. 조금만 연습하면 할 수 있는데, 자꾸 공식으로 외우니까 힘든 거야."

"혹시 선배님……은 수학 덕후? 아, 죄송해요."

"괜찮아, 사실인 걸 뭐."

"선배님 우리 사이에서 유명해요. 아마 전교생이 거의 알걸요? 선생님보다 수학을 잘한다고 소문났던데, 맞아요?"

"에이, 그럴 리가. 헛소문이야. 그냥 수학을 좋아하는 거지."

친구만 질문을 쏟아냈고, 복숭아를 닮은 애는 웃기만 했다. 웃을 때마다 왼쪽 볼에 보조개가 만들어졌다.

"어떻게 수학을 좋아할 수 있어요? 무슨 떡볶이도 아니고……."

"듣고 보니 그러네. 나도 몰라. 그냥 그렇게 됐어."

공부를 방해한 것 같아 미안했다.

"내가 좀 가르쳐 줘도 될까?"

"네!"

복숭아를 닮은 애는 보조개를 만들며 수줍게 대답했다.

"이차 함수의 그래프를 그리기 위해서 완전 제곱식을 하는 거야. 꼭짓점의 좌표를 구해야 하거든. 완전 제곱식을 어려워하니까 일단 쉽게 하는 방법을 알려 줄게."

연습장에 아래로 볼록한 포물선을 그리고, 꼭짓점의 좌표를 구하는 방법을 설명했다. 두 사람의 반짝이는 눈빛이 볼펜을 따라 움직였다.

"이런 식으로 하면 쉽게 구할 수 있어. 할 수 있겠어?"

"와, 쉽네요. 이렇게 하니까……."

말없이 보기만 하는 복숭아를 닮은 애에게 잘 이해했는지 묻자 "네……."라고 작은 목소리로 대답했다.

두 사람은 내가 알려 준 방법대로 다른 문제를 풀어 봤다.

"와, 이렇게 하면 암산으로도 할 수 있을 것 같아요."

"맞아, 나도 그렇게 암산으로 하니까 너희들도 할 수 있을 거야."

"선배님, 근데 이건 무슨 공식이에요? 수학 선생님이나 학원에서도 가르쳐 주지 않던데……."

"이게 미분이야. 2학년 되면 배우게 될 거야. 아직 1학년이라 가르쳐 주지 않는 거야."

"아니……. 이렇게 편하고 좋은 게 있는데 왜 빨리 안 가르쳐 줘요? 이것부터 가르쳐 줘야 하는 거 아니에요? 왜 힘들게 해서 자꾸 수포자를 만드냐고요."

"그러게. 일리 있는 말이네. 난 이만 갈게. 열심히 공부해라."

두 사람에게 가볍게 손을 흔들어 보이고 도서실을 나오는데, 복숭아를 닮은 애가 따라 나오며 불렀다.

"선배님! 고맙습니다."

"고맙긴 뭘……. 괜히 너희들 공부하는 데 방해한 건 아닌지 모르겠다."

"가수예요."

작은 목소리에 잘못 알아들어서 "응?" 하고 다시 물었다.

"제 이름 가수예요. 왕가수."

"그렇구나. 나는……."

"한지표죠?"

"맞아. 내 이름 어떻게 알았어?"

"학기 초에 제가 선배님 책 대출해 줬어요."

"그랬구나. 가수야, 내가 하나만 물어봐도 될까?"

"네."

"혹시 우리 집에 빵 두고 가는 사람이 너니?"

"네."

　　　　　　　　　　　우리는 가시버시입니다

이제 그러지 말라고 하려다 그만뒀다. 가수에게 상처가 될 수도 있을 것 같았다.

"고마워. 빵 맛있더라. 네가 직접 만든 거니?"

"네. 요즘 제빵기능사 자격증 준비하거든요."

"멋지다. 재능 있는 것 같아. 응원할게."

가수는 부끄러워하며 도서실로 들어갔다. 나는 교실로 가면서 웃었다. 재밌고 귀여운 이름이다. 왕가수.

밤새 비가 내리더니 구름 한 점 없이 하늘이 맑게 빛났다. 집을 나서자 쏟아지는 햇빛 때문에 저절로 눈이 감겼다. 몸과 마음이 가벼웠다. 두 팔을 벌리면 등에서 커다랗고 가벼운 날개가 돋아 하늘로 날아오를 수 있을 것 같은 기분이다. 오랫동안 날 괴롭히던 수학 문제를 드디어 풀었다. 똥파리에게 설명해 봐야 믿지도 않겠지만, 꿈속에서 그 문제를 풀었다. 꿈을 기억하려고 애쓰며 잠에서 깨어나 문제를 바로 풀었더니 쉽게 풀렸다.

너무 당연해 보이는 조건을 무시해서 그동안 풀지 못한 것이었다. 악마는 디테일에 있다고 했던가? 신은 디테일에 있다고 했던가? 대충 보면 쉬워 보이지만, 많은 시간과 노력을 들여야 풀 수 있는 문제가 있다. 사소해 보이지만 중요한 조건을 놓치는 경우가 그렇다. 수학 문제 속에는 숨겨진 조건들이 문장 중간에 아무렇지 않게 자리를 차지하고 있다. 이런 조건은 열쇠다. 자물쇠 구멍에 맞춰진 열쇠를 찾지 못하면 그 문제를 풀 수 없다. 일주일 동안 날 괴롭혔던 문제도 그렇다. 문제를 많이 읽으니 저절로 외워졌고, 꿈속에서 그 문제를 분석해서 열쇠를 찾아냈다. 뇌는 잠을 자는 동안 열쇠를 열심히 찾았다. 새벽에 문제를 풀어 답을 맞히고 나서야 빗소리를 들으며 잠이 들었다. 참 오랜만에 깊은 잠을 잤다.

지겹게 반복되는 고등학교 생활이 빨리 끝나길 바랐다. 고등학교를 졸업하면 가수에게 설명하기 위해 그린 포물선의 꼭짓점처럼 내 인생도 그런 전환점을 맞을 수 있을 것이다. 수학만 공부하고 싶지만, 고등학생으로서 그럴 수 없다. 다른 과목의 가치를 무시하는 건 아니지만, 재미가 없다. 그나마 물리가 수학 다음으로 좋아하는 과목이긴 하지만, 수학만큼 흥미롭지 않다.

'수학 덕후'로 불리는 나처럼 '물리 덕후'로 불리는 친구가 있다. 노쌤이 나를 '쑤덕'이라고 부르듯 나는 그 친구를 '물떡'이라고 불렀다. 물떡은 빨간색이 멀리서 가장 잘 보이는 색이라며 학교 밖에선 빨간 모자를 쓰고 다녔다. 그래서 '빨간 물떡'이라고 부르기도 했다.

물떡과 나는 암묵적으로 서로 경쟁하는 관계다. 물떡은 물리 1등급이지만 수학은 2등급이다. 반면에 나는 수학 1등급이지만 물리는 2등급이다. 똥파리는 우리를 '쑤물떡'이라고 묶어서 불렀다. 그럴 때마다 기분 나빠진 물떡은 자기가 나보다 우월하다고 우겼다. 우선 과목 수강생 수가 차이 났다. 수학은 네 명이 1등급이지만, 수강생이 적은 물리는 한 명만 1등급을 받는다. 따라서 수학보다 물리가 1등급 받기 더 힘들다는 주장이었다. 맞는 말이다. 나는 물리보다 선행되는 수학이

우리는 가시버시입니다

더 중요하다고 생각하지만, 굳이 반박하지 않는다.

　학교로 가는데 때맞춰 똥파리가 편의점에서 나왔다. 바나나우유를 두 개 들고나와 내게 하나를 건넸다.

"아무리 너희 편의점이지만 이렇게 막 가져와도 되냐?"

"우리 꼰대가 어떤 사람인데……. 지난번에 담배 한 갑 빼돌리다 걸려서 물건에 손도 못 대. 이거 원 플러스 원이라 내 돈 주고 산 거야. 아들한테 물건 파는 부모가 어딨냐?"

"패드립이냐? 아빠한테 꼰대가 뭐냐? 재워 주고, 먹여 주고, 입혀 주는 것만 해도 고맙게 생각해라."

똥파리가 우유에 빨대를 꽂으려 할 때 재빠르게 뺏었다.

"야, 이거 내놔."

똥파리에게 뺏기기 전에 우유 두 개를 가방 안에 집어넣었다.

"뭐야, 혼자 두 개 다 먹게? 하나는 준 거지만, 다른 하나는 삥 뜯는 거야!"

"내가 먹을 거 아냐. 줄 사람이 있어."

"그럼 네 돈으로 사서 줘."

"너도 내 빵 뺏어 먹었잖아."

"치사하다. 근데 오늘은 빵 없냐? 빵이랑 먹으려고 우유 가져왔더니……."

"네가 말한 애가 맞았어."

"도서실에 그 뚱뚱한 애가 맞대? 물어봤어?"

"응, 물어봤더니 맞대."

"거봐, 내가 다른 건 몰라도 눈치 하나는 빠르다고."

"이름이 왕가수래."

"왕가슴? 어울린다. 큭큭."

"미친놈. 야동 좀 그만 봐라. 그런 것만 보니……."

"혈기 왕성한 나이에 당연한 거야. 네가 이상한 거지. 어제 새 야동 하나 다운받았는데, 어때? 싸게 해 줄게."

"제발 좀! 그 혈기 왕성한 에너지를 다른 데 쓰면 안 되냐? 야동 좀 그만 보고, 축구도 좀 그만하고 공부에 써."

"모르는 소리. 내겐 야동이나 축구는 에너지를 사용하는 거지만, 공부는 에너지를 낭비하는 거야. 내겐 철학이 있어."

나는 "풉." 하고 웃었다. 똥파리의 개똥철학인가?

"너 웃었어? 비웃지 말고 잘 들어 봐. 내 철학은 공부 잘하면 평생 공부만 하고 살아야 한다는 거야. 공부 잘해서 판검사 되면 법 공부해야지, 의사 되면 의학 공부해야지, 선생 되면 과목 공부해야지. 와, 생각만 해도 끔찍하다. 그래서 공부를 잘할 필요가 없다는 거지. 나는 평생 공부만 하고 살 순 없거든."

"그래도 나름 논리적인데……. 나는 수학자가 돼서 평생 수학만 공부하고 싶은데."

"너 잘났다. 평생 수학 공부해서 노벨상 받아라. 우리나라도 노벨상 좀 받아보자."

"노벨상엔 수학상 없다."

"없어? 뭐야, 물리학상은 있잖아. 물떡 말대로 물리가 수학보다 갑이네. 근데, 우리나라 수학 교수가 뭐 받았다고 했는데……?"

"필즈상 받았잖아."

"아, 그게 필즈상이야?"

"그리고 물리가 수학보다 갑이라니……. 수학이 인류 발전에 얼마나 중요하면 노벨상에서 빼서 필즈상이라고 따로 주겠냐?"

똥파리는 너무도 쉽게 내 말을 인정하며 고개를 끄덕였다. 그런데 내 말은 거짓말이다. 노벨 수학상이 없는 뚜렷한 이유는 없다. 그냥 노벨의 관심과 가치관에 의해서 자연스럽게 정해진 것이다. 자신처럼 뭔가를 발명해 인간의 문명을 발달시킬 수 있는 학문이나 문학처럼 관심이 많던 학문이 노벨상의 대상이 됐다. 필즈상은 노벨상과 상관없이 수학자 필즈가 자신의 재산과 기금으로 만들었다. 이런 사실을 알면서도 똥파리의 말에 기분이 나빠 거짓말을 했다. 거짓말을 믿으며 인정하는 똥파리를 보니 쐐기를 박고 싶어졌다.

"필즈상은 수학자만 받을 수 있지만, 노벨상은 수학자도 받을 수 있어. 너 영화 〈뷰티풀 마인드〉 알지?"

"알지. 지난번에 노쌤이 수업 시간에 애들 보여 준다고 나한테 다운받아 오라고 시켰잖아. 노쌤한테 이용당한 거 생각하니 또 열받네."

"진정하고……. 그 영화 주인공이 존 내쉬라는 수학자인데 나중에 노벨 경제학상 받잖아."

"뭐야, 그 영화 주인공이 실존 인물이었어?"

"그래. 몇 년 전 교통사고로 돌아가셔서 뉴스에도 나왔었어."

"음……. 역시 수학이 물리보다 갑이군. 그럼 그렇지. 그러니까 수능 시험에서도 수학 시간이 가장 길지. 근데 수학 시험 백 분은 너무 길지 않냐?"

"나는 딱 좋던데……."

"너무 길어. 모의고사 때 충분히 자고 일어났는데 한 시간이 남았더라고. 그래서 또 자고 일어났는데 삼십 분 남아 있고. 더는 잠이 안 와서 시험지에 그림 그렸지. 수학 시험지는 여백이 많아서 좋아."

"그러라고 있는 여백이 아닐 텐데……."

노쌤은 출근하지 않았다. 1교시 시작종이 울릴 때까지 교문을 바라보던 똥파리는 그 이유를 알아보러 교무실에 갔다 왔다. 그러더니 반애들에게 오늘 담임이 안 온다는 소식을 전했다. 옆 반 담임 선생님 말에 의하면 노쌤이 아파서 출근을 못 한다는 것이었다. 똥파리는 핸드폰을 켜더니 내 얼굴 앞에 디밀었다. 화면에는 소주잔을 들고 해맑게 웃고 있는 노쌤의 얼굴이 떠 있었다. 약간 눈이 풀린 채 '삼겹살과 소주 노무 맛있다'라고 말하는 듯했다.

"너무 하지 않냐? 멍청한 건가?"

"이거 노쌤 인스타야?"

"응, 어제 찍어 올린 거잖아. 아프다는 거 다 거짓말이야. 아니다. 술 많이 마셔서 속이 아프긴 하겠다."

"노쌤답다. 참 일관성 있네. 어? 그러면 오늘 수학 수행평가는 안 하는 건가?"

애들은 이미 수행평가가 취소될 걸 예상했는지 등교하자마자 공부하던 수학책을 집어넣었다. 누군가는 편하게 살고, 누군가는 힘들게 사는 건 무엇 때문일까?

똥파리에게 빼앗은 우유 두 개를 들고 도서실로 갔다. 도서실에는 어제처럼 두 사람이 공부 중이었다. 이번엔 눈치 보지 않고 들어갔다. 공부하던 두 사람은 자리에서 일어나 인사했다.

"밥 먹었니? 이거 먹어."

두 사람은 우유를 하나씩 받아들고 감격한 눈빛으로 고맙다는 말을 여러 번 했다. 펼쳐진 책을 보니 수학 공부 중이었다. 나는 가수 옆에 앉았다. 가수는 복숭아 같은 얼굴로 눈을 크게 뜨며 놀랐다.

"내가 가르쳐 줄 테니 모르는 거 물어봐."

가수 친구는 손뼉 치며 좋아했고, 가수는 보조개를 만들며 미소 지었다. 가수는 짙은 화장을 하고 있었다. 그 모습이 어색하고 재밌어서 티 나지 않게 '큭' 하고 웃었다. 가수는 눈치챘는지 의아한 눈빛으로 나를 바라봤다.

"귀여워서……."

나도 모르게 그렇게 말했다. 갑자기 침묵이 흘렀다. 가수 친구마저도 어색함이 흘렀다. 나는 급한 일이 생긴 것처럼 일어났다.

"아, 맞다. 5교시에 수행평가 있는데……. 얘들아, 미안한데 내일 도와줄게."

두 사람의 인사가 끝나기도 전에 도서실을 나왔다. 뛰는 걸 싫어하는 나는 도망치듯 달리고, 계단을 두 칸씩 뛰어올라 교실로 들어와 자리에 앉았다. 심장이 터질 듯이 요동쳤다. 가슴에 손을 얹은 채 심호흡했다.

나도 누굴 좋아하게 된 걸까? 호흡은 안정됐는데, 심장은 여전히 두근 거렸다. 심장이 열심히 수축과 이완하는 움직임이 손바닥에 그대로 느껴졌다. 살아 있음을 느낄 수 있었다. 5교시 시작종이 울리자 똥파리가 뛰어 들어와 내 옆에 앉았다.

"너 왜 그래? 심장 아파?"

"아니. 자꾸 심장이 두근거려서 진정시키는 중이야."

똥파리는 가슴에 대고 있던 내 손을 치우더니 자기 얼굴을 가까이 대고 소리쳤다.

"나대지 마, 심장아!"

"깜짝이야. 뭐 하는 거야?"

"자꾸 두근거린다며……."

"그런다고 심장이 진정되냐?"

그런데 이상하게도 정말 심장이 안정됐다. 똥파리와 떠들며 가수 생각을 안 해서 그런가?

"와, 신기하게도 안정된 것 같다."

"거봐. 그렇다니까. 다리에 쥐 날 때는 '야옹' 하면 돼."

한심하다는 눈빛으로 똥파리를 쳐다봤다.

"농담이야. 웃기면 그냥 웃어라."

"안 웃기니까 안 웃지."

"아 참, 노쌤 왔어. 족구 하는데 노쌤 차가 들어오더라."

"어? 그럼 수학 수행평가……."

얘기하는 중에 노쌤이 교실 앞문을 열고 들어왔다. 속이 부대끼는지

우리는 가시버시입니다

한 걸음 내디딜 때마다 인상을 썼다. 애들은 뜻하지 않은 노쌤의 출현에 수행평가 걱정으로 웅성거렸다. 노쌤은 교탁 옆에 놓인 의자에 털썩 앉았다. "자습해."라고 하더니 그대로 책상 위에 엎드려 잠을 잤다. 노쌤이 잠에서 깨면 수행평가할 수도 있다는 생각에 애들은 낮은 목소리로 떠들거나 핸드폰 게임을 하거나 잤다. 나는 수학 문제집을 꺼내 풀기 시작했다.

"찰칵."

똥파리는 노쌤을 노려보더니 자는 모습을 핸드폰으로 찍었다. 애들은 그 소리에 노쌤이 깰까 봐 걱정됐는지 똥파리를 흘겨봤다. 똥파리는 그런 시선을 무시하고 책상 위에 엎드려 잤다.

정작 다른 게 노쌤을 깨웠다. 갑자기 어디선가 〈아모르 파티〉가 흘러나왔다. 애들은 두리번거리며 범인을 찾았다. 결국 계속 흘러나오는 노랫소리에 노쌤이 몸을 일으켰다. 우린 그제야 노쌤의 핸드폰 벨 소리임을 알게 됐다. 잠이 덜 깨서 느릿하게 핸드폰을 찾는 노쌤의 움직임과 다르게 노래는 절정에 이르렀다. '아모르 파티, 아모르 파티'와 함께 일렉트로닉 댄스 뮤직 16비트가 교실 안에 울려 퍼졌다. 똥파리는 자다가 놀라서 일어나더니 비트에 맞춰 어깨를 흔들며 춤을 췄다. 노쌤은 검지로 오른쪽으로 밀어 통화를 했다. 크게 울리던 벨 소리가 꺼지자 교실에 정적이 흘렀다. 노쌤의 목소리만 간간이 들렸다. 애들은 하던 일을 멈추고 통화하는 노쌤을 바라봤고, 똥파리는 춤추던 모습 그대로 멈추더니 다시 책상 위로 엎드렸다. 노쌤은 "네."만 여러 번 반복하다가 마지막에 "지금 해서 보내겠습니다. 죄송합니다."라고 말하더니 통화를 마쳤다. 도대체 얼마나 술을 마셨길래 목소리가 저렇지? 노쌤은 거칠고 잠긴 목소리로 엎드려 있는 똥파리를 불러서 심부름을 시켰다.

"반장, 교무실 가서 노트북 좀 가져와."

똥파리는 내 뒤로 나가면서 나만 들을 수 있게 "썅." 하고 한마디 했다. 노쌤은 아직 잠이 덜 깼는지 다시 책상 위에 엎드렸다.

급식을 먹은 후 도서실로 향했다. 약속하지 않았지만, 당연하다는 듯 가수도 수학책을 펼쳐 놓고 날 기다렸다. 가수와 나는 급격히 친해졌다. 나만 보면 복숭아처럼 빨갛게 익어 가는 동그란 얼굴과 왼쪽 볼에 누가 살짝 눌러 만든 것 같은 보조개가 귀여웠다. 똥파리는 뚱뚱해서 별로라고 했지만, 그건 가수에 대한 첫인상일 뿐이다. 사람들은 첫인상으로 그 사람을 판단해 버리고 더는 알려고 노력하지 않는다. 나중에 우연히 알게 되면 '그런 사람이 아니었구나' 하고 후회하기도 하지만 말 그대로 우연히 알게 될 때 얘기다. 가수에 대한 나의 첫인상은 '귀엽다'였다.

가수를 만날 때마다 보조개만큼 귀여운 구석이 어딨나 찾았다. 가수는 입이 작다. 저 작은 입으로 숟가락에 밥을 퍼서 먹을 수 있을까 의심스러울 정도다. 특히 입 크기만큼이나 작은 입술에 틴트 바른 모습이 보름달을 배경으로 떠 있는 UFO 같아서 웃겼다. 가수는 손목과 발목이 가늘다. 몸과 비교해 상대적으로 작은 게 아니라 절대적으로 작다. 저렇게 작은 발로 걸으면 힘들지 않을까? 얼굴도 작은 편이다. 뚱

우리는 가시버시입니다

뚱해서 커 보일 뿐. 외모 여기저기에 숨어 있는 귀여움은 나보다 두 살 어린 가수를 여동생처럼 느끼게 한다. 가수를 여자로서 매력을 느끼게 하는 것은 목소리다. 가수와 얘기를 하기 전에는 몰랐다. 목소리도 매력이 될 수 있다는 것을. 잘 생기고, 예쁜 것만 매력이 되는 게 아니었다. 가수의 목소리를 듣고 있으면 많은 것을 느낄 수 있다. 부드러움, 편안함, 안정감, 그리움…… 그리고 사랑. 그런 것들이 합쳐져서 행복을 느끼게 한다. 가수는 재잘재잘하며 말하지 않는다. 단어 하나도 신중하고 적절하게 골라서 천천히 말한다. 가수의 목소리는 복합적이다. 나는 비음이 많은 내 목소리가 싫다. 주변 사람들이 가끔 코맹맹이 소리가 난다며 감기 걸렸냐고 물어본다. 그런데 가수의 목소리는 배, 코, 입, 혀, 입술로 만들어져 나온다. 다양한 재료로 만든 맛있는 음식처럼 목소리를 낸다. 가수가 말할 때 나는 맛있는 음식을 꼭꼭 씹어 먹듯이 귀담아듣는다. 맛있는 음식을 먹으면 몸에 영양이 되듯이 가수의 목소리는 내 마음의 영양이 된다.

"선배님은 어떤 책 좋아해요?"

가수의 갑작스러운 질문에 당황해서 엉뚱하게 대답했다.

"수학책?"

"아니 그런 거 말고요. 읽은 책 중에 가장 기억에 남는 거요."

"음……. 없네."

"역시 수학 덕후."

가수 친구가 한마디하고 웃었다. 가수는 내 눈을 보며 말했다.

"저는 《노르웨이의 숲》 좋아해요."

"그거 비틀즈 노래 아냐?"

"아, 맞아요. 작가 무라카미 하루키가 그 노래에서 책 제목을 따 온 거예요."

가수의 말이 끝나자 가수 친구는 뭔가 생각난 듯 설명을 붙였다.

"선배님, 재밌는 얘기 해 드릴게요. 비틀즈 노래 제목 〈Norwegian Wood〉는 '노르웨이의 숲'이 아니라 노르웨이산 가구를 말하는 거예요. 폴 매카트니가 인터뷰에서 그렇게 말했대요. 무라카미 하루키는 오역이라는 것을 알았지만 그 모호성이 좋아서 제목으로 정했대요."

"재밌네."

"책을 읽으면 그 모호성이 느껴져요. 선배님도 나중에 꼭 읽어 보세요."

가수는 그렇게 말하고 보조개를 만들었다. 보조개를 보며 이번 시험이 끝나면 꼭 읽어야겠다고 생각했다.

1학기 2차 지필평가가 바로 앞으로 다가왔다. 다음 주 월요일부터 시험 기간이다. 금요일인 오늘도 도서실로 갔다. 똥파리에게 부탁해서 받은 초콜릿을 두 사람에게 시험 잘 보라며 하나씩 줬다. 가수 친구는 고맙다고 말하더니 그 자리에서 초콜릿을 먹었다.

"가수는 안 먹니?"

"저는 아꼈다가 시험 끝나면 먹으려고요."

"그래. 얘들아, 시험 잘 봐라."

"선배님도요."

인사하고 도서실을 나오는데 가수가 따라 나왔다.

"선배님……."

"응?"

"저……. 시험 끝나면 뭐 하세요?"

"아무 계획 없는데."

"저랑 영화 볼래요?"

"그래. 좋아."

"정말요?"

"그럼……. 나 영화 좋아해."

"그리고 이거."

가수는 내게 쪽지를 건넸다. 접은 쪽지를 펼쳐보니 핸드폰 번호가 적혀 있었다.

"제 번호예요."

가수는 부끄러운지 바로 뒤돌아 도서실로 들어갔다. 가수야, 나 영화 좋아하지만 너를 더 좋아해.

토요일 아침은 조용하다. 학교에 가지 않는 날이면 혼자 있는 집은 감옥이 된다. 금요일 저녁이면 똥파리는 술과 안줏거리를 들고 우리 집에 오는데, 어제는 오지 않았다. 어제 급식을 먹은 이후로 아무것도 먹지 못했는데도 배고프지 않았다. 라디오에서는 아나운서가 어제 벌어진 사건 사고 뉴스를 전했다. 정치, 경제, 사회, 문화에 많은 일이 일어나고 있었다. 뉴스거리만 해도 이 정도니 알려지지 않는 일은 얼마나 많을까? 시험공부 하려고 의자에 앉아 볼펜을 들었지만, 자꾸 가수 생각이 났다. 펜을 내려놓고 핸드폰을 집어 들었다. 채팅 앱을 누르니 가수가 자동으로 친구등록 되어 있었다. 프로필에는 내가 준 초콜릿을 든 채 웃고 있는 가수의 얼굴 사진이 떠 있었다. 배경에는 가수가 말했던 책 《노르웨이의 숲》의 표지를 찍은 사진이 깔려 있고, 상태글에는 '수학 시험 잘 볼게요~♡'라고 적혀 있었다. 프로필 사진을 눌러 가수의 얼굴을 확대해서 한참 바라봤다. 가수가 작은 입으로 내게 말을 거는 것 같았다. 사진 속 가수의 이목구비를 하나씩 살펴보고 있는데 현관문 번호키 누르는 소리가 들렸다. 그 소리에 놀라 핸드폰을 잽싸게 껐다. 빠르게 번호를 누른 것과 다르게 똥파리는 천천히 문을 열고 들어왔다. 손에는 A4용지 몇 장이 들려 있었다.

"어쩐 일로 왔냐? 공부 핑계 대고 담배 피우러 왔냐?"

"아냐."

똥파리는 예전 같지 않게 장난기 없는 목소리로 답했다. 그 모습이 사뭇 진지해서 불안했다. 똥파리는 들어오더니 거실 바닥에 바로 앉았다.

"지표야, 이리 와 봐."

"뭐야, 또 내게 뭘 팔려고 그래?"

"그런 거 아니라니까."

맞은편에 앉자 똥파리는 불안한 눈빛으로 날 쳐다봤다. 라디오에서는 뉴스가 끝나고 광고가 나왔다.

'열한 시를 알려 드립니다. 뚜, 뚜, 뚜, 띠……!'

라디오에서 현재 시각을 알려 줬다. 그 소리가 마치 출발 신호 같았

우리는 가시버시입니다

는지 똥파리는 망설이던 말을 시작했다.

"일단 이거 좀 봐."

똥파리는 손에 단단히 쥐고 있던 종이를 내게 건넸다. 총 여섯 장이었다. 나는 돌돌 말린 종이를 펼쳐서 봤다. 수학 문제였다. 작년 2차 지필평가 미적분 시험 기출문제 같았다.

"이야, 너 이 족보 어디서 구했냐? 이젠 이런 것도 파냐?"

나는 문제들을 훑어봤다.

"무슨 소리야? 족보라니……. 위에 날짜 잘 봐."

시험지 위에 적힌 날짜를 보니 작년이 아니라 올해였고, 아직 지나지 않은 날짜였다. 이번 지필평가 시험지였다. 놀라서 앞으로 시험지를 던지고, 똥파리를 쳐다봤다.

"이번 시험지잖아. 이거 어디서 났어? 설마 훔쳤냐? 미쳤냐? 뭐 하는 짓이야?"

너무 당황한 나머지 똥파리를 향해 원망과 걱정 섞인 질문을 토해냈다. 똥파리는 조용히 듣고 있다 내가 아무 말 없자 설명했다.

"지난번에 노쌤이 술 먹고 늦게 온 날 있지? 그때 자다가 전화 받고 나한테 노트북 가져오라고 시켰잖아."

"그랬었지."

"교무실에서 노트북을 들고 교실로 가는데 켜져 있더라고. 켜진 상태로 들고 가다 고장 나면 노쌤한테 온갖 원망을 들을까 봐 끄려고 열었지. 그런데 비밀번호를 입력하라고 뜨는 거야. 그래서 그냥 엔터를 눌렀더니 신기하게도 암호가 풀려서 바탕 화면이 뜨더라고. 노쌤답다는 생각을 했지. 비밀번호 입력하기가 귀찮아서 그냥 엔터만 누르면 풀리게 해 놓다니……. 나도 그런 적 있거든. 사람들은 입력창이 뜨면 습관적으로 숫자를 입력하잖아. 그걸 역으로 이용한 거지."

나는 쓸데없는 소리 하지 말고 빨리 말하는 뜻으로 "그래서……."라고 재촉했다.

"노트북을 끄려는데 바탕 화면에 파일 하나가 보였어. 파일 제목이 '미적분 문항지'였어. 일단 핸드폰에 그 파일을 복사했지."

"아무리 노쌤이라도 파일에 암호를 걸어놨을 텐데……. 설마 파일 암호도 없었어?"

"아냐, 네 말대로 집에 와서 확인해 보니 암호가 걸려 있더라고."

"그런데 어떻게 풀었어?"

"노쌤이라면 비밀번호를 생일로 했을 것 같은 거야."

"0909였어?"

반 애들은 모두 노쌤의 생일이 9월 9일인 것을 알고 있다. 노쌤이 교실 벽에 달력을 걸면서 가장 먼저 한 일은 9월 9일에 동그라미를 그리고 '담임 생일'이라고 적는 것이었다. 애들은 그날을 '노쌤 생일'이 아니라 '구구절절'이라고 불렀다. 누가 처음으로 그렇게 불렀는지 모르겠지만, 딱 맞는 이름이라고 생각했다. 아이러니하게도 그 이름 때문에 생일을 더 또렷이 기억할 수 있게 됐다.

"그게 아니더라고……."

"그러면?"

"그래서 내가 어떻게 한 줄 알아? 0101부터 차례대로 입력해 봤어. 생

　　　　　　　우리는 가시버시입니다

일이라면 삼백육십오 번만 입력하면 되잖아. 뭐 그 정도야 할 수 있지."

"너도 참 대단하다. 그래서 찾았어?"

"아니……. 1231까지 입력했는데 안 되더라고. 그래서 나 노쌤을 새롭게 봤잖아. 다른 건 몰라도 시험지 관리는 철저히 하는 걸 보니 선생은 선생이구나 했지."

"근데, 네가 가져온 이 시험지는 뭐야?"

"그러니까 마저 들어 봐. 내가 포기하려다 마지막으로 입력한 숫자가 뭔지 알아?"

똥파리는 내 대답을 기다리지 않고 흥분해서 먼저 말했다.

"0000이야. 1234도 아니고 그냥 영 네 개라니……. 내가 노쌤을 너무 과대평가했던 거지. 참, 사람 안 변해."

"너도 노쌤도 참 대단하다. 그 선생에 그 제자네."

"나를 노쌤과 동급으로 보는 건 좀 섭섭하다."

"이 시험지 태워 버리고, 그 누구한테도 말하지 마. 너 이게 얼마나 큰일인지 알고 있는 거야?"

"알아. 그러니까 너한테 가져왔지."

똥파리는 잠시 곰곰이 고민하더니 어렵게 말을 꺼냈다.

"지표야, 이 시험지 좀 풀어주면 안 되냐?"

"미친놈. 태워 버리라고!"

"이번 수학 시험 백 점 맞으면 꼰대가 오토바이 사 준다고 했단 말이야. 백 점 맞으면 크게 한턱 쏠게. 오토바이 타고 놀러 다니면 좋잖아. 어때?"

"야, 꺼져. 가!"

시험지를 똥파리 손에 강제로 쥐여 주고 집 밖으로 밀어냈다.

2차 지필평가는 일주일 동안 진행됐다. 나와 똥파리에게는 시험 기간이 곧 축제 기간이다. 오전에 한두 과목만 시험 보면 학교가 끝나기 때문이다. 한 등급이라도 높게 받으려고 애쓰는 애들에겐 힘든 한 주겠지만, 수학 공부만 하는 나와 공부를 애초에 포기한 똥파리에게는 주체하지 못할 정도로 시간이 넘치는 기간이다. 똥파리는 시험이 끝나면 "매일 시험 기간이면 좋겠다."라고 아쉬워했다. 똥파리의 그런 말을 들을 때면 나는 속으로 밥걱정했다. 시험 기간에는 급식이 없다. 하루 중 유일하게 따뜻하게 먹는 밥이 학교 급식이기 때문에 시험보다 밥걱정이 먼저 들었다. 무엇보다 급식은 무료여서 생활비를 아낄 수 있다. 결국 시험 기간을 편의점 도시락과 라면으로 버텨 냈다. 똥파리가 가끔 식당에서 맛있는 음식 좀 사 먹자고 했지만, 그때마다 나는 이런저런 핑계로 거절했다. 돈을 아껴야 한다. 가수와의 데이트 약속이 있기 때문이다. 가수는 영화를 보자고 했다. 영화만 보고 헤어지지 않을 게 뻔하다. 카페에도 가고, 밥도 사 먹어야 하고, 분위기에 따라서는 선물도……. 최대한 아껴서 데이트 비용을 마련해 놔야 했다. 첫 데이트니까.

금요일 영어 시험을 끝으로 2차 지필평가가 끝났다. 시험 기간이 끝나면 최대한 아쉬운 표정을 짓던 똥파리가 웬일인지 해맑게 웃으며 즐거워했다.

"오늘 뭐 하냐? 시험도 끝났는데 뒤풀이해야지."

우리는 가시버시입니다

"뒤풀이를 매일 하면서 무슨……. 그동안 뒤풀이하느라 힘들었을 텐데 오늘은 그냥 쉬어라."

"근데, 너 좀 수상하다. 머리도 그렇고……. 마치 소개팅 나가는 느낌?"

"티 나냐?"

"진짜야? 누구랑? 이 배신자. 날 버리고 이럴 거야?"

"가수랑 영화 보기로 했어."

똥파리는 "할많하않."이라고 말하고 뒤돌아 손을 흔들며 갔다. 나는 교실 거울 앞에 섰다. 흐트러진 머리를 정리하고, 옷소매를 좌우로 당겨 균형을 맞췄다. 가슴이 두근거렸다.

가수는 교문 앞에서 기다리고 있었다. 교문을 빠져나가는 사람들이 흘깃 가수를 쳐다봤다. 안절부절못하며 서 있는 가수를 보니 미안한 마음이 들어 뛰었다.

"미안, 오래 기다렸어?"

"아뇨. 천천히 오셔도 되는데……."

우린 버스를 타고 영화관으로 갔다. 시험이 끝나서 교복 입은 애들이 많았다.

"어떤 영화 보고 싶어?"

"저…… 선배님, 제가 예매해 놨어요. 물어보지 않고 맘대로 정해서 죄송해요."

"아냐, 아냐. 괜찮아. 내가 보여 주고 싶었는데……."

"죄송해요."

"죄송하긴. 그러면 내가 밥 사 줄게."

가수는 "네." 하며 웃었다. 보조개가 날 설레게 했다.

"근데, 가수야."

"네?"

"날 선배님이라고 부르지 않았으면 좋겠어."

"그러면 뭐라고……."

"음, 오빠 어때? 나 여동생이 없어서 오빠 소리 한 번도 들어본 적 없단 말이야."

"네. 그럴게요. 오…… 빠……."

"그래, 그렇게."

가수가 예매한 영화는 칸 영화제 수상작이었다. 수상작이라고 해서 사람이 많을 줄 알았는데, 생각보다 없었다. 가수와 나란히 앉고 불이 꺼지자 어색한 느낌이 들었다. 팝콘이라도 사 올걸. 영화는 형사 두 명이 사격 연습하는 장면으로 시작됐다. 영화를 보던 중 고개를 살짝 돌려 가수를 봤다. 가수는 스크린을 향해 집중하고 있었다. 몰입했는지 여자 배우의 대사에 따라 표정이 미세하게 바뀌었다. 그런 가수의 얼굴을 한참 바라봤다. 이렇게 편한 마음으로 가수의 얼굴을 볼 수 있게 해 준 영화에게 나도 상을 주고 싶었다. 가수는 강한 에어컨 바람에 추워서 두 팔을 껴안듯 포갰다. 사람이 많지 않아서 더 춥게 느껴졌다. 결국 가수는 "에…… 취!" 하고 재채기했다. 책을 읽듯이 정확하게 발음하면서 재채기하는 모습이 재밌었다. 셔츠를 벗어 가수에게 덮어 줬다. 영화에 집중하던 가수는 갑작스러운 내 손길에 놀라더니 고맙다는 뜻으로 고개를 꾸벅했다. 가수는 편안한 얼굴로 다시 영화에 집중했고, 나는 행복한 얼굴로 다시 가수에 집중했다. 그렇게 영화는 끝났다.

"어땠어요? 선배……, 아니 오빠."

"음……. 재밌었어."

"전 아직 어린가 봐요. 이해되지 않는 부분이 많았어요."

"사실 나도 잘 모르겠어. 우리 밥 먹으러 가자. 뭐 먹고 싶어?"

"햄버거요."

"정말? 맛있는 거 사 줄게. 다른 거 생각해 봐."

"오늘은 햄버거 먹고 싶어요. 다음에 다른 거 사 주세요."

"좋아."

우리는 가까운 패스트푸드점으로 갔다. 매장 안에는 사람이 많았다. 우리 학교뿐만 아니라 인근 학교들도 시험이 끝났는지 여러 디자인의 교복을 입은 학생들이 가득했다. 주문하고 나니 때마침 창가 쪽으로 빈자리가 났다. 가수와 함께 있으니 일이 술술 풀리는 느낌이다. 주문한 햄버거가 나왔다. 얼음과 함께 컵 안 가득 담긴 콜라가 출렁였다. 가수가 컵을 들고 마시려다 손과 탁자에 콜라를 흘렸다. 나는 냅킨으로 탁자를 닦고, 손수건을 꺼내 가수의 손을 닦아 주었다.

"빨대로 마셔."

"저 빨대 안 써요."

나는 빨대를 옆으로 치우고, 입을 컵으로 가져가 콜라를 홀짝 마셨다. 그러자 가수도 날 따라 했다. 우린 서로 마주 보고 웃었다.

"이 손수건은 빨아서 드릴게요."

"그냥 줘도 돼."

"우리 집에 오빠 체육복도 있어요."

"응?"

"오빠가 저한테 줬어요."

"내가? 기억 안 나는데……. 언제?"

"3월에요. 오빠는 기억 못 할 수도 있어요. 그날 햇볕이 따뜻했어요. 친구가 없어서 혼자 운동장 벤치에 앉아 있었는데……."

"근데, 왜 친구가 없어?"

"중학교를 다른 동네에서 다녔어요. 제빵사 되려고 실업 고등학교 간다고 하니까 아빠가 반대했어요. 인문고 가서 대학 가라고. 성적이 낮아 집 근처 인문고를 못 갈 것 같아서 우리 학교로 입학한 거예요."

"그랬구나."

"저는 대학 안 갈 거예요. 아니 못 갈 거예요. 그래도 괜찮아요. 어차피 아빠가 운영하는 빵집 물려받을 생각이거든요."

"아빠가 빵집 하시는구나. 그래서 우리 집에 빵 놓고 갔구나. 맞다, 아까 그 얘기 계속해 봐. 내 체육복 얘기."

"아, 맞다. 교복 맞출 때 너무 많이 줄였나 봐요. 내 몸을 생각 안 하고. 벤치에 앉아 있는데 셔츠 단추가 터진 거예요. 그것도 모르고 하늘에 떠가는 구름만 보고 있었죠. 그런데 오빠가 아무 말 없이 체육복을 던져 주고 갔어요. 단추가 터진 걸 알고 창피했는데, 오빠가 준 체육복 덕분에 집에 갈 때까지 별일 없이 지낼 수 있었죠. 혹시 기억해요?"

나는 체육복을 잃어버렸다고 생각했다. 그런데 가수의 얘기를 들으니 잊고 있던 기억이 되살아났다. 새 학기가 시작된 봄이었다. 가수 말

우리는 가시버시입니다

대로 전날까지 남아 있던 추위가 한 번에 사라지고 갑자기 봄이 된 것처럼 따뜻했던 날이었다. 똥파리는 축구 인원이 맞지 않는다고 내게 골키퍼를 부탁했다. 골대만 지키기로 약속하고 운동장으로 나갔다. 햇볕에 서 있으니 금방 더워져서 체육복을 벗어 골대에 걸어 두었다. 축구를 끝내고 모여 앉아 있는데 애들이 숙덕거렸다.

"야, 저기 앉은 돼지 봐라. 옷이 터졌는데도 모르고 앉아 있다."

"어디? 어, 그러네. 크크."

"몸에 옷을 맞춰야지, 왜 옷에 몸을 맞추려고 그러는지 몰라."

"그러게. 살을 빼고 옷을 줄여야지, 옷을 줄이고 살을 빼려니까 저렇게 되지."

애들은 좋은 구경거리를 찾은 듯 웃어대며 한마디씩 내뱉었다. 나는 골대에 걸어 뒀던 체육복을 들고 가서 그 애에게 던져 주고 교실로 갔다. 그런데 그 애가 가수였다니……. 사소한 나의 행동이 가수에겐 평생 기억될 일이 되었다. 운명처럼 느껴졌다.

"그 애가 너였구나."

"네. 맞아요. 신기하죠."

"그러게."

"이 손수건과 체육복 다음에 갖다 드릴게요."

"아냐. 기념으로 체육복은 그냥 가져. 이제 졸업 앞두고 입을 일도 없어. 근데, 누구 찾아? 아는 사람 있어?"

가수는 햄버거를 먹고, 얘기하는 중간에 자주 두리번거렸다.

"아뇨. 오빠, 저랑 있어서 창피하지 않아요?"

"응, 엄청."

"정말요?"

가수는 울음이 터질 듯한 표정을 지었다.

"아냐. 농담이야. 농담! 왜 창피할 거로 생각하는데?"

"제가 뚱뚱해서."

"가수야, 한 번만 말할 테니 잘 들어. 네가 나의 있는 그대로의 모습을 좋아해 주면 나도 그럴게."

"네."

가수의 울 듯한 표정은 그대로였지만, 그 이유가 달랐다.

"앞으로는 뚱뚱해서 창피하냐고 묻거나 창피해하지 말기."

가수는 햄버거를 손에 든 채 고개를 끄덕였다.

"가수라는 이름은 어떤 뜻이야?"

"엄마 꿈이 가수였대요. 그런데 그 꿈을 이루기도 전에 아빠를 만나 빵집 주인이 됐죠. 하필 아빠 성이 왕 씨라서 엄마가 가수왕 되라고 그렇게 이름을 지었대요."

"네 이름도 나만큼이나 성의가 없구나."

"그래도 한자는 좋아요."

"뭔데?"

"아름다울 가, 빼어날 수요."

우리는 가시버시입니다

노여움

첫 데이트 이후 가수와 나는 매일 만났다. 옆 동네에 사는 가수를 집까지 데려다주는 것으로 하루를 마무리했다. 엄마 아빠에게 들킬까 봐 빵집이 멀리 보이는 곳에서 가수는 잘 가라고 인사했다. 빵집을 향해 걷는 가수에게 손을 흔들면 가수도 계속 뒤돌아봤다. 가수는 마지막으로 손을 살짝 들어 인사하고는 빵집으로 들어갔다. 빵집 간판에는 '보름빵집'이라고 쓰여 있었다. 빵집 이름에서 가수의 얼굴이 떠올랐다.

시험이 끝나고 수업 시간마다 2차 지필평가 객관식과 서술형 점수를 확인했다. 수업 시작종이 울린 지 이십 분쯤 지나서 노쌤이 답안 카드를 들고 들어왔다. 늦어도 미안해하는 기색 하나 없이 당당하기만 했다. 노쌤이 들어오거나 말거나 나는 수능 대비 수학 문제를 풀고 있었고, 똥파리는 코 골며 자고 있었다. 어제 과음했는지 똥파리에게서 술 냄새가 풀풀 났다. 노쌤이 갑자기 똥파리와 나를 부르더니 일어나라고 했다. 급하게 똥파리를 흔들어 깨워 일으켰다. 똥파리는 흐르는 침을 옷소매로 대충 닦았다. 갑자기 무슨 일이지? 똥파리는 세상의 온갖 짜증을 모아 놓은 듯 인상을 찡그렸다. 우리가 일어나자 노쌤은 다른 애들을 향해 말했다.

"얘들아, 이번 시험에 미적분 백 점이 세 명밖에 없는데, 우리 반에 두 명이나 있단다. 반 평균도 우리 반이 일등이야. 노무 잘했어. 자, 박수."

애들은 건성으로 손뼉을 쳤다. "아, 미친. 씨발." 똥파리는 나에게만 들리게 욕을 했는데, 내가 하고 싶은 말이었다. 똥파리는 박수 소리가 끝나기도 전에 털썩 앉아 다시 책상에 엎드렸다. 혼자 서 있을 수 없어 나도 따라 앉았다. 수학을 담당하는 담임으로서 보람을 느낀다고 말하는 노쌤과 달리 반 애들은 쑤군거렸다. 다른 애들도 나와 같은 생각을 하는 것 같았다. 똥파리가 어떻게 백 점을 받았지? 혹시……. 나중에 물어봐야겠다. 노쌤은 번호순으로 한 명씩 불러 성적을 확인했다. 나와 똥파리 차례가 되자 노쌤은 확인 안 해도 된다며 건너뛰었다. 어떤 애에게는 "야, 넌 확인할 점수도 없으니 안 해도 되지?"라며 노골적으로 물었다. 그 애는 "네."라고 말했지만, 목소리와 얼굴에 수치심이 묻어 있었다. 몇몇 애들이 웃어댔다. 점수가 낮으면 성적 확인할 자격도 없다는 건가? 도대체 노쌤의 뇌 구조는 어떻게 생겼을지 궁금했다.

1교시부터 죽은 듯 잠만 자던 똥파리는 점심시간이 되자 멀쩡하게 일어나 나를 끌고 급식소로 갔다.

"오늘 뭐 나오냐?"

"몰라."

"머리 좋은 네가 그런 것 좀 외우고 다니면 안 되냐? 나를 위해서."

똥파리는 급식소로 뛰어가는 애를 잡아 세우더니 식단을 물었다. 만족스러운 대답을 들었는지 표정이 밝아졌다.

"앗싸, 콩나물국. 내가 어제 술 마신 걸 어떻게 알았지?"

"어젠 누구랑 술 마셨냐?"

"알아서 뭐 하게. 네가 안 놀아 주니까 그러는 거 아냐. 매일 데이트하느라 나에게 관심도 없지? 그렇게 좋으면 데리고 살지 그래?"

"미안해. 좀 봐줘라. 네가 여친 생기면 나도 기다리면서 응원해 줄게."

"너 선택해. 우정이야? 사랑이야?"

"사랑."

"거봐, 그럴 줄 알았어. 치사한 놈. 우리 우정이 몇 년인데."

"나는 너도 사랑하거든."

내가 껴안으려 하자 똥파리는 슬리퍼를 질질 끌며 급식소로 도망갔다. 슬리퍼가 벗겨질까 봐 빨리 뛰지도 못하면서 도망가는 똥파리의 뒷모습이 웃겼다. 어떻게 백 점을 맞았는지 묻지 않았다. 아마 똥파리도 내가 묻지 않길 바랄 것이다. 내가 질문할 틈을 주지 않기 위해 내내 잠만 잤을지도 모른다. 곧 생길 오토바이 생각에 기분이 좋을 텐데 오히려 의기소침해 있는 모습이 안쓰러웠다.

똥파리는 기겁하며 싫어했지만, 농담이 아니다. 똥파리는 내가 사랑하는 사람이다. 항상 똥파리가 잘되길 바란다. 아프지도 말고, 행복하게 지금처럼 밝은 모습이길 바란다. 똥파리는 자신이 의도했든 하지 않았든 내게 부모 역할을 해 줬다. 아플 때 병원에 함께 가 줬고, 방학

중에는 편의점에서 도시락, 삼각김밥, 음료수를 챙겨와 우리 집 냉장
고를 채워 줬다. 무엇보다 날 외롭지 않게 해 줬다. 그런데 가수 때문에
똥파리를 외롭게 하다니. 나는 똥파리에게 미안하고, 또 미안했다.

　1학기의 모든 평가가 끝나고, 진도도 마무리됐다. 학생들뿐만 아니
라 선생님들도 방학 때까지 수업 중에 마땅히 할 게 없었다. 특히 수시
전형으로 대학 갈 계획인 애들은 더는 공부할 필요가 없었다. 수시 전
형은 3학년 1학기까지의 성적을 반영하기 때문이다. 정시 전형으로 대
학 갈 예정인 나는 11월 수능 시험을 볼 때까지 계속 공부를 해야 했다.
학비 때문에 무조건 국공립 대학으로 가야 한다. 지역은 상관없이 수
학과면 된다. 학교에 오면 내내 자습했다. 지필평가 전에 온종일 수행
평가로 허덕이던 애들은 자유시간을 만끽하다 차츰 지겨워했다. 선생
님들은 상담한다, 학교생활 기록부를 작성한다, 공문 보내야 한다는 핑
계로 조용히 자습하라며 교실에 들어오지 않거나 늦게 들어왔다. 애들
은 핸드폰으로 게임을 하거나 영상을 봤다. 그것도 지겨워지면 잠으로
시간을 보냈다. 똥파리도 주로 잠만 잤다. 학교에서 자고, 집에서 밤새
게임하는 생활을 반복했다.
　수업 시간이 되자 노쌤이 통화하며 교실로 들어왔다. 뭐가 그리 재밌
는지 웃고 떠들다 한참 뒤 통화를 마쳤다. 출석 체크하려고 교실을 쭉
훑어봤다.
　"안 온 사람 없지?"
　지금 6교시인데. 이제야 확인한다고? 역시 노답 노쌤이다.

"선생님, 우리 반은 상담 안 해요?"

9월이면 수시 전형 원서 접수가 시작된다. 다른 반 담임들은 시간 많은 요즘 입시 상담을 진행 중이었다. 어느 대학에 원서를 쓸지 궁금하고 답답해하던 누군가가 물었다.

"야, 성적이 있어야 상담하지. 아직 1학기 성적표도 안 나왔잖아. 2학기 돼서 해도 돼. 지금 상담해 봐야 나한테 욕만 먹을걸. 꼭 성적이 좋지도 않은 것들이 상담하재."

성적이 안 좋으니까 상담하고 싶은 거지. 갑작스러운 상담 요구에 짜증이 났는지 노쌤은 애들에게 숙제를 줬다.

"너희들 심심하구나. 쓸데없는 소리 하는 거 보니. 지금 연습장에다 이번 기말고사 틀린 문제 풀어서 제출해. 문제와 풀이 다 써야 해. 오늘 안 내면 그다음 두 배로 늘어나는 거야. 자, 시작."

웃기게도 애들은 상담 안 하냐고 질문한 애에게 원망의 눈빛을 보냈다. 피해자가 욕먹는 더러운 세상. 얘들아, 가해자는 노쌤이야. 노쌤을 욕해야지. 질문한 여자애는 난처해하며 연습장을 꺼냈다. 그 애의 안경 너머로 흔들리는 눈꺼풀에 맺힌 눈물이 보였다. 그리고 옆에서 코 골며 자는 똥파리를 봤다. 질문한 여자애도, 똥파리도, 나도…… 우리 반 모든 애들이 측은했다. 나는 연습장을 찢어서 여자애에게 하고 싶은 말을 적었다.

'네 잘못이 아니야. 넌 잘못한 게 없어. 그냥 재수 없게 지나가는
   미친개한테 물렸다고 생각해.'

쪽지를 접어 여자애에게 던졌다. 깜짝 놀라며 쪽지를 펼쳐 읽은 그 애는 날 쳐다봤다. 그리고 어색한 미소를 지었다.

애들은 짜증 섞인 글씨로 연습장에 틀린 문제와 풀이를 적었다. 시험이 끝나자마자 시험지를 버린 애들은 옆 친구에게 빌려 보느라 분주했다. 똥파리는 뭔가 어수선한 분위기를 느꼈는지, 아니면 잘 만큼 잔 건지 일어나 두리번거렸다.

"지금 무슨 분위기냐?"

"노쌤이 이번 미적분 시험에서 틀린 문제와 풀이 적어내래."

"미친. 어? 잠깐. 난 안 해도 되잖아?"

"우린 안 해도 되지. 틀린 게 없으니까."

"와, 대박. 살다 보니 이런 날도 있구나."

그때 누군가 노쌤에게 질문했다.

"선생님, 24번 문제 모르겠어요. 풀어주세요."

노쌤은 의자에 앉아 열심히 핸드폰을 들여다보고 있다가 갑작스러운 질문에 짜증 내며 일어났다. 그러더니 날 불렀다.

"쑤덕! 나와서 설명해 봐."

나는 앞으로 나가 칠판에 문제를 풀었다. 애들이 열심히 풀이를 연습장에 베꼈다.

"역시, 우리 반에 백 점이 있으니 노무 좋다."

나는 일부러 분필을 떨어뜨려 부러지게 했다. 하지만 노쌤은 아무 신경도 쓰지 않았다. 자리에 들어와 앉으니 조금 있다 누군가 25번도 풀어달라고 했다. 노쌤은 이번엔 똥파리를 불렀다. 똥파리는 순간 얼굴

우리는 가시버시입니다

이 창백해졌다. 그러더니 날 쳐다봤다. 눈치를 채고, 똥파리 대신 일어났다. 앞으로 나가려 하자 노쌤이 완강하게 말렸다.

"노! 너 말고 반장이 나와 봐. 문제 풀어주고 어떻게 공부해서 백 점 맞았는지도 애들한테 알려 줘. 나도 궁금하고. 그러면 미적분 세특에도 써 줄게. 빨리 나와 봐."

똥파리는 당황하며 일단 앞으로 나갔다.

"잊어버렸어요."

"뭐? 시험 끝난 지 얼마나 됐다고 잊어. 그러면 아는 만큼만 풀어."

똥파리는 분필을 잡았지만, 아무것도 하지 못했다. 그런 모습에 나뿐만 아니라 반 애들 전체가 숨죽였다. 나는 조마조마해서 미칠 것 같았다. 교실 벽에 걸린 시계를 보니 수업이 끝나려면 아직 십 분이 남았다. 시간아, 빨리 좀 흘러라. 이럴 땐 노쌤에게 전화도 안 온다. 아니면 누구라도 찾아왔으면 좋겠다. 노쌤은 자리에서 일어나더니 앞에 앉은 애에게서 시험지를 뺏어 들었다. 똥파리에게 시험지를 주며 객관식 10번 문제를 풀어보라고 시켰다. 똥파리는 시험지를 한참 들여다보더니 "이 문제 찍었어요."라고 말했다. 노쌤은 뭔가를 눈치챘는지 9번 문제를 풀어보라고 했다. 똥파리는 이번에도 "이 문제도 찍었어요."라고 답했다. 이젠 되돌릴 수 없는 상황이 됐다. 노쌤뿐만 아니라 모든 사람이 똥파리의 백 점을 강하게 의심했다. 객관식 문제를 모두 찍어서 맞힐 수는 없다. 그럴 수 있다고 해도 객관식을 찍는 실력으로 서술형은 풀 수 없다. 노쌤은 마지막으로 확인하겠다는 듯 가장 쉬운 1번 문제를 풀어보라고 했다. 1번 문제는 너무 쉬워서 암산으로 풀 수 있을 정도였다. 똥파리는 답을 얘기했지만, 노쌤이 묻는 건 답이 아니라 풀이 과정이었다. 똥파리는 왜 그게 답인지 말하지 못했다. 노쌤이 똥파리의 멱살을 잡았다. 뭔가 욕을 하려는데, 종이 울렸다. 노쌤은 종소리가 끝나기도 전에 똥파리의 멱살을 잡은 채 학생부로 끌고 갔다. 반 애들은 서로 웅성거렸고, 복도에서 끌려가는 똥파리를 본 다른 반 애들은 무슨 일인지 궁금해서 우리 반으로 들어와 물었다. 나는 가슴이 두근거리고, 숨이 가빠졌다. 안 좋은 예감이 들었다. 비바람에 무서운 파도가 밀려오는데 나는 이러지도 저러지도 못한 채 그 자리에 서서 맞이해야 했다.

똥파리가 노쌤에게 끌려간 후 7교시 국어 수업이 시작됐다. 국어 선생님은 분위기 파악도 못 하고 열심히 아들 자랑을 늘어놨다.

"우리 애가 공부를 엄청나게 잘하거든. 그런데 이번에 국어를 세 개나 틀렸어. 내가 봤더니 시험 문제가 이상하더라고. 열받아서 잠도 못 잤더니 피곤해 죽⋯⋯."

그때 학생부장 선생님이 노크하고 들어와 날 불렀다.

"한지표, 누구야?"

손을 들자 "지금 상담실로 가."라고 했다. 똥파리와 관련된 일이란 걸 바로 눈치챘다. 다른 애들도 뭔가 낌새를 느꼈는지 모두 나를 쳐다봤다. 교실 뒷문으로 나가면서 쪽지를 건넸던 여자애와 눈이 마주쳤다.

상담실에는 아무도 없었다. 의자에 앉아 누군지도 모르는 사람을 기다렸다. 삼 년을 다닌 학교인데 상담실에는 처음 들어왔다. 상담실은 공간이 작았다. 책상은 하나였고, 한쪽 벽 책꽂이에는 '상담', '심리', '청

우리는 가시버섯입니다

소년', '문제' 등의 단어들이 조합된 제목의 책들이 꽂혀 있었다. 저런 책을 읽으면 상담을 잘할 수 있을까? 학생을 잘 이해할 수 있을까? 풀이와 답이 명확하게 있는 수학 문제를 풀어온 내겐 막연하게만 느껴졌다. 내 문제를 풀기도 힘든데, 남의 문제를 풀어주려는 사람은 과연 어떤 사람일까? 그러면 자기 문제는 누가 풀어주지?

아까부터 어색한 느낌이 들었다. 처음 온 곳이지만 그것 때문은 아니었다. 창문이 살짝 열려 있어 바람에 커튼이 나풀거렸다. 정적. 너무 조용했다. 이 시간에는 체육 수업이 없는지 운동장도 텅 비어 있었다. 세상이 음 소거된 걸까? 소름이 돋았다. 무서웠다.

'내가 왜 여기에 있지?'

갑자기 의문이 들었다. 나는 정적 속에 혼자 갇혀 있다. 정신이 혼미했다. 정신 차리고 상황을 추측해 보자. 학생부장 선생님이 날 부르고, 물떡이 있는 교실 쪽으로 갔다. 미적분 시험에서 백 점 맞은 세 사람을 모두 부르는 모양이다. 나를 학생부가 아닌 상담실로 가라고 한 건 세 사람이 입을 맞추지 못하게 떼어놓으려는 것이다. 내게 어떤 질문을 할까? 똥파리와 물떡에게는 어떤 질문을 할까? 나는 어떻게 대답해야 할까? 똥파리와 물떡은 어떻게 대답할까? 머릿속이 복잡해졌다. 심장이 요동치기 시작했다.

도서실 양장본 수학책에서 봤던 '죄수의 딜레마'가 생각났다. 죄수의 딜레마는 개인의 합리적인 선택이 사회 전체로는 비합리적인 결과로 이어질 수 있음을 보여 준다. 세 명 모두에게 유리한 대답을 해야 한다. 그동안 수학을 공부하면서 키운 논리력을 발휘할 때다.

나는 죄가 없다. 내 실력으로 풀어서 백 점을 맞았다. 문제를 바꿔서 풀어 보라고 해도 백 점 맞을 자신이 있다. 그런 내게 무슨 죄가 있을까? 그냥 똥파리에게 의심 가는 게 없었냐 정도 질문하겠지. 똥파리가 우리 집에 시험지를 가져오긴 했지만 나는 굳이 말하지 않으려고 한다. 그건 거짓말이 아니라 묻지 않아 대답하지 않는 것이다. 묻는 말에만 솔직하게 말하면 될 것이다. 죄수의 딜레마처럼 나뿐만 아니라 똥파리와 물떡에게도 합리적인 결정이 될 수 있는 답을 찾아야 한다.

상담실 문이 열리고 '가오리'가 들어왔다. 가오리는 학생부 소속 체육 선생님이다. 유명 메이커 상표가 새겨진 비싼 운동복, 신발, 모자, 선글라스를 걸치고 그늘에 서서 온갖 '가오'를 잡고 호루라기를 불어댄다. 그리고 성이 이 씨라서 우리는 그렇게 부른다. 가오리는 애들이 자신을 무서워해서 말을 잘 듣는다고 생각한다. 그래서 자기가 학생부 담당으로 적합하다고 여기지만, 사실은 그렇지 않다. 애들은 가오리를 전혀 무서워하지 않고, 우스워한다. 가오리는 단순하기 그지없어서 조금만 기분을 맞춰 주면 체육 시간을 우리 맘대로 놀 수 있게 해 준다.

가오리는 맞은편 의자에 앉았다. 내가 꾸벅 인사하자 관심 없는 듯 탁자 위에 오른손을 올려 검지 손톱으로 '톡, 톡, 톡' 하고 소리 나게 까닥거렸다. 거참, 되게 거슬리네. 왜 자기가 긴장해? 긴장감을 조성하기 위해서 그런 건지 가오리는 말없이 손가락을 까닥거리며 시간을 끌었다.

"하나만 묻겠다. 미적분 시험지를 시험 전에 봤어, 안 봤어?"

전혀 예상 밖의 질문이다. 어떻게 대답해야 할까? 죄수의 딜레마에 빠지지 말고 세 명 모두에게 합리적인 대답을 하겠다는 생각은 이미 잊

우리는 가시버시입니다

혀 버렸다. 이 단순한 질문에 대답할 수 없었다. '참' 또는 '거짓'을 묻는 진위형 수학 문제는 너무 쉬운데, 이 질문은 어려웠다.

"저는 실력으로 풀어서 백 점 맞은 거예요."

"질문에 맞는 대답을 해야지. 다시 물을게. 시험 전에 시험지 본 적 있어 없어?"

"저는……."

"아, 보긴 봤는데 네 실력으로 풀어서 백 점 맞았다는 거지?"

내가 하려던 말이 이거였나? 뭐가 뭔지 알 수 없었다. 나는 '내 실력으로 풀었다'에, 가오리는 '보긴 봤다'에 방점을 찍었다. 미칠 노릇이었다. 이미 답은 정해졌다. 나는 똥파리와 공범이 됐다.

"보긴 했는데, 저는 당장 태워 버리라고 설득했어요."

"그래, 이제야 말귀를 알아듣네. 보긴 본 거네."

"몰랐어요. 그게 이번 미적분 시험지인 줄은. 저는 작년 것인 줄 알았어요. 그리고 이번 시험지인 줄 알게 됐을 때 바로 줬어요."

"아, 너는 작년 시험지인 줄 알고 봤다는 거지. 그리고 그게 올해 시험지인 것도 알았고."

"저는 위험한 짓이라고 말했어요."

"그렇게 잘 아는 놈이 왜 담임에게 말하지 않았지?"

"그건……."

"뭐, 그게 친구 사이에 의리라고 생각했겠지."

가오리는 물어볼 게 더는 없는지 잔소리를 늘어놨다.

"어리석은 것들. 그런 게 의리냐? 같이 담배 피우고, 술 마시고, 시험

지나 훔쳐보는 게. 무슨 양아치도 아니고. 너희들이 얼마나 엄청난 일을 저지른 건지 실감이 안 나지? 자, 지금까지 한 얘기 여기다 적어.”

가오리는 진술서를 한 장 주고, 책상에서 볼펜 하나를 꺼내 던져 줬다. 학년, 반, 번호, 이름을 쓰면서 손이 떨렸다. 이 상담실에, 학교에, 세상에 내 편은 없다. 부모에게 버려진 존재가 학교에서 버려지는 건 당연한지도 몰랐다. 얼마 전 달 탐사선 ‘다누리’ 발사 성공 소식을 전하는 뉴스 기사가 있었다. 미 항공 우주국에서는 우주선을 만들기 위해 원주율을 소수점 아래 열다섯 번째 자리까지만 사용한다고 했다. 원주율은 순환하지 않는 무한소수이지만 그 이상의 소수점 아래 자리까지 사용하는 건 오차가 작아 큰 의미가 없다고 한다. 하지만 아직도 원주율은 소수점 아래 삼십조 번째 자리 이상 계산되고 있다. 소수점 아래 무수히 많은 자리의 숫자가 분명 존재하지만 무시된다. 내 존재도 그렇다.

진술서를 제출한 후 일이 빨리 진행됐다. 여름 방학까지 두 주도 남지 않았기 때문에 그런 것 같았다. 다음 날 똥파리, 물떡, 나 세 명은 교실이 아닌 학생부로 등교해야 했다. 1교시 수업 종이 울렸다. 학생부에는 다섯 명의 선생님이 있었는데, 그중 세 명이 수업하러 가고 학생부장 선생님과 가오리만 남았다. 우리 세 명은 의자에 나란히 앉아 고개만 숙이고 있었다. 이런 게 ‘생각하는 의자’라는 건가? 친구들이 부모님에게 혼나면 한 번씩 겪었던 이런 체벌을 나는 한 번도 경험하지 않았다. 경험할 기회가 없었다. 다른 애들이 작은 의자에 잠깐 고립되어 마

우리는 가시버시입니다

음에도 없는 반성을 할 동안 나는 빈집에 버려져 내가 뭘 잘못해서 엄마 아빠가 이혼했을까를 생각하며 괴로워했다. 고개를 들어 학생부 교무실 안을 둘러봤다. 가오리는 뭘 보며 즐거운지 노트북 모니터에 빠져 있었다. 학생부장 선생님은 열심히 뭔가를 적고 있었고, 책상 위 앞쪽에는 '생활인권안전부 부장'이라고 새겨진 명패가 놓여 있었다. 우리가 학생부라고 부르는 이곳 정식 명칭이 '생활인권안전부'였구나. 그런데 누구의 생활, 인권, 안전을 지킨다는 거지? 학생인가, 교사인가? 내겐 부서명 앞에 '교사'라는 말이 생략된 것처럼 느껴졌다. 교복 점검하고, 지각이나 결석 체크하고, 그만 자라, 뛰지 마라, 줄 똑바로 서라 하고, 핸드폰 뺏는 일이 학생의 생활, 인권, 안전을 위한 것이란 말인가? '생각하는 의자'에 앉아 있으니 학교에 대한 부정적인 것들만 잔뜩 떠올랐다.

똥파리는 잠을 못 잤는지 졸려 보였다. 교실이었으면 책상 위에 엎어져 잤을 것이다. 의자에만 앉아 있어서 힘들고 답답했는지 똥파리는 핸드폰을 꺼냈다. 이것저것 만지작거리자 갑자기 영상이 뜨더니 큰소리로 난잡한 배경음이 울렸다. 조용히 가라앉아 있던 공기들이 미친 듯이 날아다니며 소리를 여기저기 퍼트렸다. 학생부장 선생님은 무심하게 하던 일을 했지만, 가오리는 재밌게 보내던 시간에 방해됐는지 짜증을 냈다.

"야! 지금 놀러 왔어? 미친 거 아냐?"

똥파리는 당황해서 급하게 핸드폰을 껐다.

"가져와. 아주 좋지? 수업 안 받으니까. 그렇다면 심심하지 않게 해 줄게.”

가오리는 똥파리의 핸드폰을 뺏더니 우리에게 비닐봉지와 목장갑을 하나씩 줬다.

“2교시가 끝날 때까지 학교를 돌아다니며 쓰레기를 줍는다. 당연히 가득 채워 와야겠지?”

우리는 운동장으로 나왔다. 학생부에 앉아 있는 것보다 이게 더 좋았다. 팔다리를 맘대로 움직이고, 눈치 보지 않고 숨 쉴 수 있다는 게 이렇게 행복한 일이었던가? 평소 눈에 들어오지도 않던 잡초와 들꽃이 예쁘게 보였다.

“미안해.”

똥파리가 바람에 흔들리는 나무를 보며 말했다.

“아냐, 거기 앉아 있는 것보다 여기 있는 게 더 좋아.”

“아니, 그거 말고.”

똥파리는 시험지 얘기를 하는 중이었다.

“그러게. 지표는 좀 억울하게 됐다. 나는 똥파리에게 시험지를 풀어 주고 백 점 맞았으니 공범이 맞지만.”

물떡 말대로 나는 억울했다. 하지만 변할 건 없다. 시험지를 본 것이 맞고, 그걸 모른 척했기 때문이다. 내게 죄가 없다고 할 수는 없다.

“괜찮아. 내게 일부러 그런 것도 아니잖아. 그냥 상황이 그렇게 돼 버린 거지 뭐.”

“그래도 미안한 건 미안한 거지.”

똥파리의 장난기 가득하던 얼굴이 사라져 버렸다. 내가 좋아하던 얼

우리는 가시버시입니다

굴이었는데.

"우리 어떻게 되는 걸까?"

내 질문에 두 사람은 뭔가를 생각하는지 말이 없었다. 똥파리와 물떡은 이미 체념한 듯 한숨을 쉬었다. 아무래도 자신들의 앞일을 이미 알고 있는 듯했다.

"나와 똥파리는 퇴학당할 거야, 아마도. 어제 검색해 봤는데 시험지 훔친 경우는 심하면 고발도 당하더라고."

"설마 지표까지 퇴학당하지 않겠지?"

"에이, 설마. 그건 말도 안 돼. 그런데 시험지 훔친 것보다 학교 폭력이 더 나쁜 거 아냐? 학교 폭력은 퇴학시키지 않잖아. 전학 보내지."

"너희들 어디 가서 그런 말 하지 마라. 정신 못 차렸다는 소리만 듣는다."

1교시 수업 끝나는 종이 울리자 애들이 건물 밖으로 쏟아져 나왔다. 우리는 잘 보이지 않는 나무 그늘 밑에 앉았다. 방학을 앞두고 있어서 애들은 표정이 밝았다. 운동장을 사이에 두고 이쪽과 저쪽이 전혀 다른 세상이었다.

"어? 가수다. 뚱뚱해서 바로 보이네."

웃고 있는 똥파리 뒤통수를 한 대 때리고 가수를 봤다. 내게 수학을 배우던 도서반 친구와 함께 얘기 나누며 웃고 있었다. 갑자기 기분이 좋아졌다. 가수는 아직 내 일을 모르고 있다. 눈치 못 채게 애쓰며 어제도 가수를 집까지 바래다주었다.

우리는 대충 쓰레기를 줍고 2교시 수업이 끝날 즈음 학생부로 갔다. 학생부장 선생님이 봉투를 하나씩 줬다.

"학생생활교육위원회 개최 안내서야. 부모님께 갖다 드리고 거기 적혀 있는 날짜에 꼭 참석하셔야 한다고 말씀드려. 만일 궁금한 거 있으면 학교로 전화하시라 하고. 그리고 위원회 심의하기 전에 너희들이나 부모님이 충분히 진술할 수 있도록 시간을 줄 거야. 그러니까 미리 준비하고. 알았지? 가 봐."

고개 숙여 인사하고 나가는데 선생님이 불렀다.

"야! 이 쓰레기 봉지는 가져가서 분리수거장에 버려야지. 여기다 두고 가면 어떡해."

우린 각자 쓰레기가 담긴 봉지를 들고 분리수거장으로 가서 입구를 묶어 한쪽으로 던졌다. 대굴대굴 몇 바퀴 구르다 멈춘 쓰레기 봉지를 보고 있는데 똥파리가 툭 치며 "뭐 해? 안 가?"라고 했다. 나도 저렇게 버려지겠구나.

본격적인 여름이 시작됐다. 햇볕은 뜨거운 수준을 넘어 따가웠다. 나무 그늘에 서서 하늘을 봤다. 구름 한 점 없이 투명했다. 맑은 계곡물 속 바닥을 볼 수 있듯 하늘의 끝이 보일 것 같았다. 그리고 너무 조용했다. 수업하는 소리도, 떠드는 소리도 이곳에서는 들리지 않았다. 지루하게 교문 앞에 서 있는 나를 위로해 주는 걸까? 매미 한 마리가 머리 위에서 울기 시작했다. 고개 들어 어디서 우는지 찾았으나 나뭇잎에 가려 보이지 않았다. 그래, 매미 너라면 나의 마음을 이해할 수 있겠구나.

매미는 칠 년 정도를 땅속에서 유충으로 있다가 성충이 되어 한 달 동안 번식하려고 애쓰다 죽는다. 매미는 서로의 경쟁을 줄이기 위해

우리는 가시버시입니다

소수를 주기로 정했다. 경험을 통해 서로 공존하는 법을 터득한 것이다. 학교는 경쟁을 강요하고, 학생들은 공존하려고 애쓴다. 학교에서 시험으로 1등급에서 9등급까지 줄 세울 때 학생은 서로 가르치고 배우고, 응원하고 위로했다. 주기를 놓친 수컷 매미는 혼자 열심히 울어댔다. 교실에 있는 애들에게서 떨어져 교문 앞에 서 있는 나는 주기를 놓친 매미 같았다.

멀리서 엄마가 오고 있었다. 그런데 혼자가 아니었다. 네다섯 살 정도 되어 보이는 여자애 하나가 엄마 손에 이끌려 같이 오고 있었다. 육 년 만이었다. 초등학교 졸업식 때 함께 자장면을 먹고 체해서 누워 있는 동안 엄마는 내게 아무 말도 없이 떠났다. 그리고 어떤 연락도 없었다. 학생부장 선생님이 준 안내서를 핸드폰으로 찍어서 아빠에게 보냈다. 답장이 없어서 보호자 없이 나 혼자 위원회에 참석하려고 했다. 그런데 오늘 아침 엄마에게서 문자가 왔다. 위원회 개최 시각에 맞춰 학교에 오겠다고.

"잘 있었니?"

"네."

엄마는 그새 늙었고, 여전히 지쳐 보였다. 엄마는 무슨 일로 징계를 받는지 묻지 않았다. 묻지 않기에 나도 설명하지 않았다. 아마 위원회에 참석하면 자연스레 알게 될 것이다. 여자애가 겁먹었는지 엄마 옷을 잡고 뒤에 서서 날 빤히 쳐다봤다. 나는 웃으며 손을 들어 "안녕." 하고 인사했다. 하지만 여자애는 아무 반응도 없었다.

학생부로 들어가니 똥파리와 물떡은 죄인처럼 서 있고, 엄마들은 걱정스러운 눈빛으로 앉아 있었다. 가오리는 엄마에게 인사를 하고 의자 하나를 가져와 앉으라고 권했다. 엄마는 의자에 앉더니 여자애를 들어 무릎 위에 앉혔다. 가오리는 "준비되는 대로 모시러 오겠습니다." 하고 나갔다. 상담실에서 느꼈던 정적이 다시 터져 나와 바닥에서부터 차올랐다. 점점 차올라 목을 지나 머리 위로 그리고 천장에 닿았다. 숨이 막혔다. 창문이라도 깨서 탈출해야 할 것 같았다. 가오리가 문을 열자 가득 찼던 정적이 한 번에 빠져나갔다. 그제야 나는 크게 숨을 쉬었다.

우리는 회의실 안으로 들어갔다. 세 엄마는 의자에 나란히 앉고, 똥파리, 물떡, 나는 각자 엄마 뒤에 섰다. 이번에도 엄마는 여자애를 무릎 위에 앉혔다. 정면에 교감 선생님이 있었다. 오른쪽으로 학생부장 선생님, 3학년 부장 선생님, 가오리 그리고 왼쪽에 외부인 두 명이 앉아 있었다. 가오리가 사안을 설명했다. 나는 엄마의 뒷모습을 지켜봤다. 엄마는 어떤 동요도 없이 차분했다. 사안을 이미 알고 있는 듯 아무도 질문하지 않았다. 가오리는 뜸을 들이더니 엄마들에게 하고 싶은 말씀 하시라고 했다. 똥파리 엄마가 먼저 말했다.

"죄송합니다. 선처를 부탁드립니다."

물떡 엄마도 따라서 똑같이 말했다. 엄마는 "죄송합니다." 하고 끝냈다. 가슴이 아팠다. 엄마 입에서 나온 사과가 내게 하는 말로 들렸다.

'엄마가 미안하다. 지표야, 미안하다.'

엄마는 위원회가 끝나자 "잘 지내."라는 말만 남기고 가 버렸다. 다시 엄마 손에 이끌려 멀어지는 여자애만 고개를 뒤로 돌려 내게 손을 흔들었다. 교문 앞에 서서 엄마가 보이지 않을 때까지 바라봤다. 하고 싶은

우리는 가시버시입니다

말을 못 했다.

'보고 싶었어요, 엄마.'

매미는 여전히 혼자 울었다. 나도 혼자 울었다.

커튼 틈 사이로 빛이 들어왔다. 빛은 풀다 멈춘 수학 문제집 위에 멈췄다. 적분 기호 인티그럴이 태양광 에너지를 받아 조금씩 꿈틀거리더니 종이 위로 떠올라 사라졌다. 그 옆에 있던 삼각 함수도, 로그 함수도 그 뒤를 따랐다. 남은 수식과 기호마저 떠올라 백지만 남았다. 내 꿈도 사라졌다.

라디오에서 사람들이 시답지 않은 얘기로 웃고 떠들었다. 책상 위에 펼쳐져 있던 수학 문제집을 던졌다. 장 위에 있던 라디오가 떨어지면서 코드가 빠져 소리가 끊겼다. 냉장고만 가쁜 소리를 냈다. 책꽂이에서 수학 문제집을 모두 꺼내 문 쪽으로 던졌다. 문 앞에 책들이 아무렇게 쌓였다. 집안을 두리번거렸다. 싹 버리자. 지갑에서 학생증을 꺼내 던졌다. 또 뭐가 있지? 책상 서랍을 뒤졌더니 성적표와 상장이 나왔다. 찢어 던졌다. 가벼움에 멀리 가지 못하고 맥없이 바로 앞에 흩뿌려졌다. 방으로 들어갔다. 옷장을 여니 교복 재킷이 걸려 있었다. 옷걸이째 던졌다. 하복은 어딨지? 거울 앞에서 입고 있다는 걸 알게 됐다. 셔츠 단추를 풀었다. 손이 떨려서 단추가 잘 풀어지지 않았다. 도대체 내 뜻대로 되는 게 없어! 왜 그러냐고! 눈물이 흘렀다. 끊임없이 눈물이 흐르자 억눌렀던 짜증이 함께 터져 나왔다. 지겨웠다. 징그러운 세상! 왜 내게만 이렇게 혹독한 걸까? 입고 있던 교복 셔츠를 양쪽으로 잡아

노여움

당겼다. 단추가 우두둑 떨어져 튕겨 나갔다. 바닥 여기저기로 각자 살 길을 찾아 떠나듯 흩어졌다. 찢어진 셔츠를 던졌다. 교복 바지도 벗어 던졌다. 팬티만 입은 채 큰대자로 바닥에 누웠다. 이대로 죽어 버렸으면…… 담배 생각이 났다. 서랍을 꺼내 뒤집었는데, 담배는 없이 라이터만 볼펜들과 뒹굴었다. 가방에 있겠지? 한 개비만. 제발 더도 말고 한 개비만 있어라. 가방 지퍼를 활짝 열어 거꾸로 잡고 속에 든 물건들을 털어냈다. 가방 바닥에 깔려 있던 먼지와 책 두 권이 떨어졌다. 책 위에 떨어진 먼지를 손으로 대충 털어냈다. 도서실에 꽂혀 있던 양장본 수학책과 《노르웨이의 숲》. 결국 이 두 권의 책만 남았구나.

학교생활교육위원회가 열린 다음 날 똥파리, 물떡과 함께 상담실로 불려 갔다. 상담실에 들어가니 교감 선생님과 학생부장 선생님이 기다리고 있었다. 교감 선생님이 난처한 표정으로 입을 열었다.

"위원회에서 심의한 결과 너희 셋 모두를 퇴학시키기로 했다."

물떡은 훌쩍거리며 울기 시작했다. 정작 나는 담담했는데, 똥파리는 화를 냈다.

"말도 안 돼요. 저만 퇴학시켜 주세요. 다 제 잘못이라고요. 지표는 아무 잘못 없어요. 지표는 보고 싶어 하지도 않았는데, 제가 억지로 보여 준 거란 말이에요."

"나도 안타깝고 마음이 아프다. 학교에서도 이렇게 3학년 학생을 한 번에 세 명이나 퇴학시키는 게 힘든 일이야. 하지만 어쩔 수 없다. 위원회에서 그렇게 결정했어. 학교에서는 성적만큼 중요한 사안이 없거든."

우리는 가시버시입니다

교감 선생님은 단호했다.

학생부장 선생님이 봉투를 한 개씩 나눠 주는데 4교시 수업 끝나는 종이 울렸다. 종소리가 길고 크게 느껴졌다. 애들이 급식을 빨리 먹으려고 계단과 복도에서 우르르 뛰어갔다. 누군가 초원을 달리는 육식동물처럼 소리를 질러댔다. 육식동물에게 잡아먹히지 않게 숨어 있듯 상담실 안에 있는 사람들은 침묵했다. 어느 정도 소란이 가라앉자 학생부장 선생님이 용건을 말했다.

"조치결정통지서다. 부모님께 갖다 드려라. 그리고 이의가 있으면 교육청에 재심 청구할 수 있다. 그 안내문과 신청서 양식도 함께 들어 있으니 확인해 봐라."

"너희들이 이 어려움을 잘 극복해 내길 기도하마."

그리고 다시 침묵. 배에서 '꼬르륵' 소리가 났다. 미친…….

"이만 가도 되나요?"

교감 선생님이 "그래."라고 대답하자마자 나는 봉투를 들고 일어나 상담실을 나왔다. 똥파리와 물떡이 뒤따라 나왔다. 나는 뛰었다.

"어디가?"

"도서실에!"

똥파리가 "교문에서…….'라고 말하는 소리를 다 듣지도 않고 나는 달렸다. 도서실은 다행히 열려 있었다. 문을 열고 들어가니 도서반 학생 두 명이 책 정리를 하고 있었다. 가수는 없었다. 나는 책 두 권을 꺼내 들고 기다렸다가 몰래 가지고 나왔다. 똥파리와 물떡이 교문에서 기다리고 있었다. 내가 다가가자 똥파리가 학교를 향해 큰 소리로 외

노여움

쳤다.

"야, 이 개새끼들. 잘 먹고 잘살아라. 씨발!"

나는 여전히 울고 있는 물떡의 어깨를 감싸고 교문을 빠져나왔다.

"자냐? 잠이 오냐?"

똥파리의 목소리에 잠이 깼다. 팬티 차림으로 바닥에 누워 그대로 잠이 들었다. 학교와 관련된 물건들을 모두 던져 버리고 누워서 생각했다. 또 뭐가 남았을까? 보이지 않는 게 머릿속에 남아 있었다. 학교 가는 길, 교실, 복도, 도서실, 운동장, 급식소, 화장실 그리고 선생님들과 친구들, 모두 지워 버려야 했다. 컴퓨터 키보드의 DEL키를 누르듯 학교에 대한 기억을 삭제했다. 할 수만 있다면 뇌를 포맷해 버리고 싶었다. 하지만 가수와 함께 한 추억만은 남겨야 했다. 그렇게 기억을 지우다 잠이 들었다. 자고 일어나니 몸과 마음이 가벼워졌다.

"저 물건들은 다 버릴 거야?"

"버려야지."

"미안하다."

"너 퇴학당한 거 때문에 한 번만 더 미안하다 소리하면 나 못 볼 줄 알아."

"알았어, 짜식. 승질은……."

"근데, 너는 괜찮냐?"

"난리 났지. 엄마는 이불 깔고 드러누우셨어. 뭐, 시간 지나면 받아들이시겠지. 근데, 나 꼰대 다시 봤잖아."

"꼰대라고 좀 하지 마라."

"아, 알았어. 이제 꼰대라고 안 하려고. 퇴학당했다고 했더니 아빠가 뭐라는 줄 알아?"

"뭐라셨는데?"

"잘됐대. 편의점 일이나 배우래. 그게 끝이야. 혼내지도 않더라고."

"넌 좋겠다. 그런 아빠가 있어서."

"그러면서 아빠가 편의점에서 술과 먹을 거 싸 줬어. 여기."

똥파리는 두 손에 들고 온 까만 비닐봉지를 들어 보였다. 소주, 맥주, 과자, 사발면, 오징어 등을 비닐봉지에서 줄줄이 꺼내 펼쳤다.

"이걸 너희 아빠가 주셨다고? 네가 훔쳐 온 게 아니고?"

"그래. 아빠가 너랑 이거 먹고 다 잊어버리래. 인생 별거 아니라고."

똥파리가 부러웠다. 아빠는 내가 퇴학당한 걸 모르고 있다. 학교를 나온 후 엄마에게도, 아빠에게도 연락하지 않았다. 결과를 알려야 할 것 같아서 핸드폰을 켰지만, 그만뒀다. 엄마는 위원회 참석했을 때부터 이미 결과를 예상했을 테고, 아빠에게 알리면 생활비를 보내지 않을지도 모른다. 언젠가 알게 되겠지만 지금은 아니다. 나 스스로 버텨 낼 수 있을 때까진 말하지 않기로 했다.

똥파리는 주방에 가서 머그잔 두 개를 가져오더니 소주를 따랐다.

"물떡도 부를까?"

"안 그래도 내가 오면서 전화해 봤는데 안 받아. 톡도 안 보고."

물떡이 걱정됐지만, 지금은 누굴 걱정할 때가 아니었다. 똥파리는 찰 랑찰랑할 정도로 술을 가득 따랐다. 우리는 건배하기 위해 잔을 들었다. 술이 넘쳐흘렀지만 닦을 생각이 없었다. 그런 게 뭐 대수라고. 똥파리가 술이 튈 정도로 잔을 부딪치며 외쳤다.

"개 같은 학교를 위하여!"

나도 따라 했다.

"개 같은 우릴 위하여!"

우린 한 번에 들이켰다. 왜 술이 아니라 물 마시는 거 같지? 몸의 세포 하나하나가 술을 원했다. 급식도 못 얻어먹고 퇴학당해서 허기진 게 아니라 술이 고팠던 모양이다. 그래, 이럴 때 아니면 언제 술을 마실까.

"야, 담배 없냐?"

"뭐야, 너 끊는다며."

"끊을 필요가 없어졌잖아. 담배나 맘껏 피우다 죽어 버리지 뭐."

오늘만 살 것처럼 술을 마시고, 담배를 피웠다. 똥파리가 버려진 책들과 교복을 보며 담배 연기를 길게 내뿜었다.

"너 저 수학책들 정말 버릴 거야?"

"싹 다 버려야지."

술에 취해 발음도 잘 안됐다.

"그래도 네 꿈이잖아."

"꿈? 꿈이라⋯⋯. 그런 게 있었지. 근데 자고 일어났더니 그냥 꿈처럼 사라졌어. 왜 꿈이 꿈인지 아니?"

"⋯⋯."

"이뤄질 수 없으니까. 사라져 버리니까."

"꿈이 없으면 어때. 그거 꼭 있어야 하냐? 나는 꿈 없이도 여태 잘 살

우리는 가시버시입니다

았는데."

"그래, 너 잘났다."

둘 다 술에 취해 잔을 제대로 들지도 못하면서 계속 술을 마셨다.

"지표야, 그래도 내가 꿈을 하나 이루긴 했다."

똥파리는 그렇게 말하고 손뼉을 쳐 가며 웃었다. 나는 감기는 눈을 애써 떠서 똥파리를 쳐다봤다.

"노쌤에게 복수했잖아. 노쌤 징계받는대."

"야, 축하한다. 너, 꿈을 이뤘구나. 짜식, 기특하다."

"확 짤렸으면 좋겠다."

똥파리가 노쌤의 징계를 축하하는 의미로 건배하자고 했으나 술이 없었다. 똥파리는 중요한 순간에 술이 없으면 안 된다며 자기네 편의 점에서 더 가져오겠다고 일어났다. 제대로 걷지 못해 벽을 잡고 문 쪽으로 향했다. 바닥에 널브러진 안주를 밟기도 하고, 문 앞에 던져놓은 책들을 발로 차기도 했다. 휘청거리면서도 용케 넘어지지 않고 신발을 신더니 문을 열고 나갔다.

똥파리가 나가자 잔에 남은 술을 마셨다. 혼자 남겨지니 잠이 왔다. 앉은 상태로 쓰러지지 않으려고 몸을 이리저리 흔들며 버텼다. "푸~" 하고 몸속에서 올라오는 술기운을 뱉어냈다. 술기운과 함께 가수에 대한 그리움이 함께 올라왔다. 가수가 보고 싶었다. 너무 보고 싶어 울고 싶어졌다. 정신을 차리기 위해 담배를 물었다. 라이터를 간신히 찾아 여러 번 시도 끝에 불을 붙였다. 담배 연기를 길게 내뿜자 가수가 희미하게 나타났다 사라졌다. 다시 담배 연기를 내뿜자 가수가 나타났다.

눈물이 났다. 내가 처음으로 좋아하고, 날 처음으로 좋아해 준 사람인데……. 가수야, 이젠 널 볼 수 없어. 미안해, 미안해. 가수가 보조개를 만들며 웃고 있었다. 너의 복숭아 같은 얼굴을 좋아해. 복숭아 꼭지같이 움푹 파인 너의 보조개를 좋아해. 아기같이 작은 너의 손과 발을 좋아해. 그리고 너의 목소리를 사랑해. 너의 감미로운 목소리가 나를 편안하게 해 줘. 이젠 그 목소리를 들을 수 없겠다고 생각하니 너무 슬퍼. 평생 듣고 싶었는데, 너의 목소리. 담배 연기 속에서 떠오른 가수가 눈물을 닦아 주며 안아 줬다. 괜찮아요, 오빠. 괜찮아요, 나는 괜찮아요. 가수의 품이 부드럽고 따뜻하다. 엄마 냄새가 났다. 엄마, 보고 싶었어요. 왜 그렇게 떠났어요. 왜? 엄마 냄새를 더 자세히 맡고 싶어 힘을 주어 강하게 안았다. 다시 태어나면 모든 게 바뀌어 있을까? 엄마 배 속으로 들어가서 다시 시작하고 싶었다. 내가 열 달 동안 웅그리고 있던 곳으로 걷지도 못하고 기어들었다.

눈을 감고 있는데도 눈이 부셨다. 좌우로 얼굴을 돌려도 햇빛을 피할 수 없었다. 잠이 깨자 기절했던 장기들이 활동하면서 어제 먹은 술의 기운이 함께 작용하기 시작했다. 이렇게 술을 많이 먹은 게 처음이었다. 배 속으로 들어간 음식물이 그대로 나올 것 같아 몸을 일으켰다. 아, 머리 아파. 머리를 두 손으로 감쌌지만 아무 효과가 없었다. 내 몸인데 의지대로 움직일 수가 없다. 머리가 너무 아파 다시 그대로 누웠다. 아, 눈부셔. 얼굴을 덮으려고 이불을 잡아당겼지만, 허리에 칭칭 감겨 당겨지지 않았다. 술기운 때문인지 밤새 많은 꿈을 꾸며 뒤척였다.

우리는 가시버시입니다

그러면서 이불이 몸에 감겼다. 다시 속이 더 심하게 울렁거렸다. 이불을 걷어내고 화장실로 갔다. 간신히 한 발씩 떼서 화장실로 들어가 변기를 붙들고 속을 비웠다. 찬물로 세수하려는데 수도꼭지에서 나오는 물이 소주처럼 느껴졌다. 물에서 소주 냄새가 나네. 어젠 소주가 물처럼 느껴지더니. 거울에 비친 얼굴을 보니 웃음이 나왔다. 내 얼굴인데 오랜만에 만나는 사람처럼 느껴졌다. 이제 나는 어떻게 살아야 할까? 다른 사람이 됐으면 좋겠다. 하지만 바뀐 건 아무것도 없고, 얼굴도 이름도 그대로였다. 샤워나 하자. 옷을 벗으려는데 이미 벌거벗은 상태였다. 아, 맞다. 입고 있던 교복을 찢어서 벗어 버렸지. 그리고 팬티 차림으로 똥파리와 술을 마셨는데, 팬티는 어디 갔지? 아무래도 술기운에 답답해서 자다가 벗어 버린 것 같았다. 샤워하고 나니 정신이 들었지만, 속이 쓰렸다. 어제 똥파리가 가져온 사발면이 생각났다. 수건으로 머리를 털며 화장실에서 나와 보니 어질러 놓았던 난장판이 싹 정리되어 있었다. 빈 술병은 벽 쪽에 나란히 놓여 있었고, 쓰레기는 종량제 봉투에 담겨 있었다. 똥파리가 들고 온 검은 비닐봉지 안에는 아직 뜯지 않은 과자와 사발면이 들어 있었다. 누구지? 그러고 보니 이불 위에서 자고 있었네. 똥파리가 정리하고 날 이불에 눕혔나? 전혀 기억나지 않았다. 똥파리가 술 가져오겠다며 나가고, 담배를……. 그다음 일은 모르겠다. 생각할수록 머리만 더 아팠다. 사발면을 꺼내니 용기가 찌그러지고 면이 부서져 있었다. 똥파리가 비틀거리며 나가다 사발면 하나를 밟았었지. 부서진 사발면을 다시 집어넣고 멀쩡한 걸 꺼냈다. 전기포트에 물을 끓이고 사발면에 물을 부었다. 면이 익길 기다리는 동안 다시 의문이 떠올랐다. 누가 왔던 걸까? 혹시……. 핸드폰이 어딨지? 이불을 뒤집고, 버려진 교복 주머니를 뒤졌다. 두리번거리다 책상 위에 있는 걸 발견했다. 깨끗하게 정리된 책상 위에 도서실에서 훔쳐 온 두 권의 책이 포개져 있고, 핸드폰은 그 위에 놓여 있었다. 핸드폰을 켜니 부재중 전화와 미확인 문자가 있었다. 둘 다 가수였다. 오늘 온 문자부터 확인했다.

　　오전 8:32 '오빠, 냉장고 안에 약 있으니까 꼭 먹어요.'

　가수의 예쁜 목소리가 들리는 듯했다. 가수가 왔었구나. 우리 집 현관 비밀번호를 어떻게 알고 들어온 거지? 내가 알려 줬나? 그것도 기억나지 않았다. 어제 온 부재중 전화는 다섯 건이었다. 가수가 내 소식을 듣고 걱정돼서 전화했었구나. 통화를 못 해 답답하고 걱정했을 가수를 생각하니 미안했다. 고맙다고 답장을 보내려다 그만뒀다. 이젠 가수를 만나면 안 된다는 생각이 들었다. 나는 가수의 선배도 아니고, 그냥 퇴학당한 낙오자일 뿐이다. 사발면 뚜껑을 여니 면이 불어 있었다. 나무젓가락을 양쪽으로 잡아당겼다. 왼쪽은 짧게, 오른쪽은 길게 쪼개졌다. 웃음이 나왔다. 미친 사람처럼 계속 웃음이 나왔다. 불어버린 사발면, 제멋대로 쪼개진 나무젓가락이 지금의 내 모습 같았다. 그래, 이게 내 인생이지. 사소한 것 하나도 제대로 되지 않는 인생. 나 때문에 가수까지 그렇게 만들 수 없지. 헤어지자고 말하자. 마음 아픈 건 잠깐이다. 핸드폰을 다시 들고 가수에게 문자를 보냈다.

'이번 주 금요일 학교 끝나고 만나자.'

불도 켜지 않은 어두운 방에 누워 있었다. 앞으로 어떻게 살까, 가수에게 어떻게 이별을 말할까 고민했다. 결국 답을 못 찾은 채 집을 나섰다. 공원으로 가면서 전봇대에 걸린 지역 일자리 정보지를 뽑아 들고, 편의점에서 빵과 우유를 샀다.

그늘진 벤치에 앉아 공원을 둘러보니 한 할아버지가 운동 삼아 산책하고 있을 뿐 사람이 거의 없었다. 학교를 오가며 지나치기만 했지, 공원 안으로 들어와 시간을 보내는 건 처음이었다. 학교 앞에서 기다리겠다고 했지만, 가수는 학교 근처 공원에서 만나자고 했다. 가수가 학교를 마치고 나오려면 아직 한 시간 정도 남았다.

정보지를 들어 펼쳤다. 네모 안에 제한된 글자 수만큼 압축된 광고들이 업종별로 정리되어 있었다. 중고가전, 인테리어, 중고자동차, 주택상가 매매임대 광고가 열여덟 쪽이나 펼쳐진 다음에야 구인 정보가 나왔다. 구인 광고는 사무·관리·경리직, 판매·영업직, 미싱·기술·생산직, 의료·전문직, 운전·배달, 요리·음식업, 주유·서비스, 노래·도우미, 마담·종업원, 웨이터로 구분되어 고층 빌딩 창문처럼 반듯하게 줄지어 있었다. 광고를 하나씩 읽으면서 자괴감이 들었다. 학교에서는 '수학 덕후'라고 불릴 정도로 실력을 인정받았었는데, 사회에서는 쓸모없는 존재였다. 광고에서 원하는 자격이나 기술이 하나도 없었다. 운전면허증은커녕 오토바이 면허도 없었고, 조리사자격증은커녕 요리도 할 줄 몰랐다. 심지어 나이도 걸렸다. 시급 만이천 원짜리 종업원을 뽑는다는 라이브 카페는 '만 20세 이상'이라는 조건이 있었다. 대부분 셀프로 바뀌어서 주유소 직원은 아예 뽑지도 않았다. 홀서빙 직원을 구한다는 식당에 전화했더니 사장인 듯한 여자가 이것저것 물었다. 집은 어딘지, 언제부터 출근할 수 있고, 언제까지 일할 수 있는지를. 뭐든지 가능하다는 내 답변이 애절했는지 여자는 시급과 혜택을 얘기했다. 나는 좋다고 했다. 금방 일자리를 구해서 다행이었다. 여자는 일하기 전에 식당으로 한번 오라고 했다. 시간과 장소를 알려 주며 전화를 끊으려다 "아차." 하고 몇 살인지 물었다. 열아홉 살이라고 하자 여자는 졸업했냐고 물었다. 퇴학당했다고 말하지 못해 자퇴했다고 했다. 그랬더니 여자는 아직 미성년자라서 안 되고, 고졸 이상이어야 한다고 했다. 미안하다며 전화를 끊었다. 그럼 그렇지. 나는 나이도 학력도 일하기 적합하지 않았다. 도대체 이 기준은 누가 정한 걸까? 정보지를 구겨 옆으로 던졌다.

구직에 실패하니 허기가 밀려왔다. 빵을 한입 물고, 우유를 마셨다. 내가 흘린 빵부스러기를 집어 먹으려고 비둘기 한 마리가 가까이 왔다. 비둘기는 '닭둘기'라는 별명답게 살이 쪄서 날지도 않고 뒤뚱거리며 걸었다. 빵을 조금 떼서 던졌더니 비둘기는 부리로 '콕콕' 거리며 조금씩 쪼아 먹었다. 어디 있다 왔는지 비둘기들이 모여들었다. 조그만 빵 한 조각을 머리 맞대고 경쟁하며 쪼아댔다. 한 마리가 그 틈에 끼지 못해 실없이 맨땅을 쪼아댔다. 빵 한 쪽을 떼서 외톨이 비둘기에게 던져줬다. 그랬더니 먼저 빵을 쪼아대던 비둘기들이 더 큰 빵으로 모여들고, 외톨이 비둘기는 버려진 작은 빵에 다가가 쪼아댔다. 너 바보구

우리는 가시버시입니다

나, 나처럼.

빵과 우유를 다 먹고 나니 교복을 입은 애들이 몇 명 지나갔다. 학교가 끝날 시각이었다. 아무렇지 않다고 생각했는데, 막상 교복 입은 애들을 보니 퇴학당한 게 실감 나고 우울해졌다. 그래서 가수가 학교 앞이 아니라 여기 공원에서 만나자고 했구나. 학교 다닐 때는 교복이 촌스럽게 보였는데, 앞으로 입지 못한다고 생각하니 멋져 보였다.

가수가 보인다. 교복을 예쁘게 차려입고, 가방을 등에 메고, 하얀색 스니커즈를 신었다. 머리에 꽂은 파란색 돌고래 모양의 핀이 반짝거렸다. 한 손엔 종이 쇼핑백이 들려 있었다. 가수를 향해 팔을 번쩍 들어 흔들었다. 가수는 해맑게 웃었고, 왼쪽에 보조개가 드러났다. 가수는 서둘러 와서 옆에 앉았다.

"오래 기다렸어요?"

"음, 칠십 시간 정도."

"네?"

"그저께부터 보고 싶었거든."

"오빠, 이거요."

가수는 미소 지으며 들고 온 쇼핑백을 주었다. 그 안에는 내 체육복과 손수건이 들어 있었다. 체육복을 꺼내 들어 펼쳤다. 왼쪽 가슴에 새겨져 있는 둥그런 교표가 눈에 들어왔다.

"그냥 너 가지라니까."

"오빠, 이 체육복은 교복처럼 버리지 말아요."

"그래. 배고프지? 뭐 좀 먹으러 갈까?"

"아뇨. 그냥 산책해요."

구겨진 정보지와 우유 팩, 빵 봉지를 쇼핑백을 담아 왼손에 들고, 오른손으로 가수의 왼손을 잡았다.

우리는 가까운 개천 산책로를 찾았다. 보행자와 자전거 통행로가 구분되어 운동하는 사람, 자전거, 전동 킥보드가 우리 옆을 빠르게 지나갔다. 가수와 나는 손을 잡고 흐르는 개천을 보며 천천히 걸었다. 우리는 한동안 아무 말 없이 그냥 걸었다. 서로 할 말이 없어서가 아니었다. 나는 나대로 가수는 가수대로 하고 싶은 말을 어떻게 시작할지 고민했다.

"고마워. 네 덕분에 약 먹고 속이 많이 좋아졌어."

"아, 네."

"아침에 와서 네가 정리했니?"

"아침이 아니라 전날 밤이었어요."

"그랬구나. 근데 어떻게……."

"오빠 소식을 듣고 걱정돼서 계속 전화했어요. 그런데 전화를 안 받더라고요. 다음 날 찾아갈 생각이었는데 자꾸 나쁜 생각이 드는 거예요. 결국 못 기다리고 밤에 오빠 집으로 갔죠."

"미안해."

"괜찮아요. 문이 열려 있어서 그냥 들어갔어요. 문틈에 책이 껴 있더라고요."

"똥파리가 나가면서 그렇게 됐을 거야."

"오빠는 술에 취해 쓰러져 있었어요."

"그래서 네가 날 이불에 눕히고, 정리했구나."

"네. 근데 오빠는 내가 갔던 거 기억 안 나요?"

"응."

"전혀요?"

"왜? 무슨 일 있었어?"

가수는 망설이더니 "아니요."라고 짧게 말했다. 나는 이별을 말하기 위해 개천이 보이는 벤치에 앉았다.

"내 소식 들었다니 길게 말하지 않을게."

가수는 눈을 크게 뜨고 걱정스러운 눈빛으로 나를 쳐다봤다. 가수는 예감하고 있는 걸까? 눈빛이 흔들리고 있었다. 톡 하고 건들면 금방 눈물방울이 또르르 굴러떨어져 버릴 것 같았다. 가수의 눈빛을 피해 앞에 흐르는 개천을 바라봤다. 커피가 남겨진 일회용 플라스틱 컵이 빨대가 꽂힌 그대로 둥둥 떠내려갔다.

"이제 우리 만나지 말자."

책을 읽듯이 담담하게 말했다. 짧은 한 문장을 말하는 동안 여러 감정이 섞였다. 슬픔, 아쉬움, 후회, 미안함, 괴로움, 아픔 그리고 사랑. 가수는 아무 말도 하지 않았다. 나도 더는 말하지 않고 가수의 대답을 기다렸다. 가수는 뭔가 결심한 걸까? 하늘과 개천의 색이 붉게 변해 갈 때쯤 가수는 입을 열었다.

"오빠, 인생은 비스킷 깡통이에요."

가수의 말을 이해하지 못했다.

"《노르웨이의 숲》에서 내가 가장 좋아하는 말이에요. 미도리가 힘들어하는 와타나베에게 그렇게 말해 줘요."

"무슨 뜻인데?"

"비스킷 깡통에는 여러 종류의 비스킷이 들어 있어요. 좋아하는 것을 먼저 먹으면 좋아하지 않는 것들이 남고, 좋아하지 않는 것을 먼저 먹으면 좋아하는 것들만 남게 되죠."

"……."

"아직 어려서 모르겠지만 인생도 그런 것 같아요. 나쁜 일들을 먼저 겪으면 좋은 일들이 남는 거죠. 지금까지 오빠에게 계속 나쁜 일이 생겼지만, 앞으로도 그렇지는 않을 거예요. 좋은 일들이 남아 있겠죠. 그러니 지금까지의 나쁜 일들로 오빠의 인생을 판단하고 결정하지 말아요. 저도 그럴 거예요."

가수의 말이 맞는다. 악순환하는 내 인생의 수레바퀴는 가수로 인해 조금씩 제동되었다. 그 악순환을 멈추고 가수와 함께 좋은 날을 만들수 있을 것으로 기대했었다.

"하지만 내게 좋은 날이 온다고 해도 그때까지 널 힘들게 할 수 없어."

"저 힘들지 않아요. 요즘이, 오늘이, 지금이 어느 때보다 행복해요. 나를 있는 그대로 좋아해 준 사람은 오빠가 처음이에요."

가수의 말 한마디 한마디에서 강한 의지가 느껴졌다. 퇴학당한 것이 괴로웠다. 변명하든 거짓말을 하든 무릎 꿇고 빌어서라도 퇴학은 막았어야 했다. 가수를 위해서라도. 결국 가수에게 다시 이별을 말할 수 없었다. 도대체 어찌해야 할까? 그때 가수가 제안했다.

"오빠에겐 지금 시간이 필요해요. 한 달이 됐든 일 년이 됐든 기다릴게요."

여자가 남자보다 정신 연령이 높다고 했던가? 아니면 책을 많이 읽어서 그런가? 가수는 두 살 많은 나보다 더 어른스러웠다. 나는 가수의 말을 따르기로 했다. 내가 너무 조급하게 생각했다. 천천히 고민하고 준비했어야 했다.

"오빠, 오늘 제 생일이에요."

나는 놀라서 가수를 쳐다봤다. 미안한 마음에 어디라도 숨고 싶었다. 내 고민에만 빠져 가수의 생일을 잊다니.

"미안해."

"그럴 필요 없어요. 아직 생일 안 지났으니까."

개천 옆에 핀 접시꽃이 보였다. 어릴 때 무궁화인 줄 알았는데, 엄마가 접시꽃과 무궁화의 차이점을 설명해 준 이후로 좋아하게 된 꽃이다.

"지표야, 여길 자세히 봐봐. 요 끝을 암술머리라고 하는데, 이렇게 실처럼 가늘게 갈라져 있으면 접시꽃이고, 굵게 다섯 개로 갈라져 있으면 무궁화야."

유치원에서 집으로 가는 길에 핀 접시꽃을 보며 엄마는 설명했다. 내가 묻지도 않았는데 엄마는 왜 설명했을까? 엄마가 전부이던 시절이라서 그런지, 그때 들은 설명이 잊히지 않았다.

가장 예쁘게 핀 접시꽃 한 송이를 꺾어 와서 가수에게 줬다.

"생일 축하해."

가수는 두 손으로 소중하게 꽃을 받더니 예쁜 미소를 지었다.

슬픔

가수는 한 번도 연락하지 않았다. 마지막으로 만나고 며칠 후 방학했을 것이다. 방학을 맞은 가수가 한 번쯤 찾아오길 기대했는데 그러지 않았다. 가수의 비장함이 느껴져 나도 연락할 수 없었다. 하지만 가수의 연락을 기다렸고, 가수도 나의 연락을 기다릴 것이다. 내가 시간을 가져야 한다는 가수의 판단은 현명했다. 각자의 시간을 보내다 보면 다시 만나야 할지 말지를 판단할 수 있게 될 것이다. 만일 서로의 애정이 희미해져 만나지 않아도 괜찮다면 지금처럼 자연스럽게 연락 없이 잊히면 된다.

여름은 반복되는 장마로 습하고 더웠다. 더위는 여전하지만, 방학은 끝나가고 있을 것이다. 가수는 곧 2학기를 맞이하겠지. 길에서 교복 입은 애들을 보게 되면 개학을 알 수 있을 것이다.

가수를 마지막으로 만난 날부터 나의 앞날을 고민했다. 당장 할 수 있는 일을 적기 위해 연습장을 꺼냈다. 연습장을 가득 채우던 수학 문제 풀이가 짓다 만 건물처럼 버려져 있었다. 빈 종이를 펼쳤다. 그냥 주저앉을 수 없다. 한 걸음씩 앞으로 내딛다 보면 어디든 도착할 것이다.

우선 검정고시를 보자. 교육청 사이트를 접속해서 확인하니 퇴학당하면 육 개월 안에 검정고시를 볼 수 없었다. 창살만 없을 뿐 나는 갇혀 있다. 무인도에서 탈출하려고 아무리 애를 써 봐도 파도에 떠밀려 앞으로 나아가지 못했다. 내가 할 수 있는 건 무인도에서 그냥 버티다 죽거나 죽을 때까지 헤엄치는 것밖에 없다. 나는 헤엄쳐서 탈출하기를 선택했다. 다가오는 파도를 향해 열심히 팔과 다리를 놀리다 보면 언젠가 한 번은 넘지 않을까? 그러다 지치면…… 끝이다. 연습장에 첫 번째 계획을 적었다.

'1. 고등학교 졸업 학력 검정고시 합격'

적고 나니 짜증이 났다. 한 학기만 버티면 졸업이었는데……. 고등학교에서 보낸 시간이 인생에서 사라져 버렸다. 어려운 수학 문제를 한참 풀다가 풀이가 잘못됐음을 깨달으면 처음부터 다시 풀어야 하는 법이지.

검정고시 준비만 할 수 없다. 퇴학당한 걸 모르는 아빠는 여전히 삼 개월마다 사십만 원을 보냈고, 월세와 생활비도 밀리지 않았다. 하지만 언제 끊길지 몰라 불안했다. 돈을 벌어야 한다. 예전에 봤던 일자리 정보지가 생각났다. 일하려면 자격증이 필요했다. 면허증부터 따야겠다. 두 번째 계획을 적었다.

우리는 가시버시입니다

‘2. 오토바이 면허 취득’

이것으로 배달이라도 할 수 있겠지. 또 할 일이 뭐가 있을까? 가수와 나를 위해서 가장 쉽고 빠르게 할 수 있는 일이 있었다. 세 번째 계획을 적었다.

‘3. 금연과 금주’

두 단어가 너무 짧고 분명해서 적는 순간 이뤄진 듯했다. 이미 이뤘으니 하나 더 적어 볼까? 네 번째 계획을 적었다.

‘4. 독서(《노르웨이의 숲》부터)’

가수와 대화 나눌 때마다 책을 읽어야겠다고 생각했다. 축구만 좋아하는 똥파리와 어울리면서 전혀 느끼지 못했던 나의 부족함을 알게 됐다. 처음에는 가수의 편안하고 차분한 목소리에 매력을 느꼈는데, 자주 얘기하다 보니 그게 전부가 아니었다. 가수는 다른 사람이 이해하기 쉽게 풀어서 얘기했다. 유식해 보이는 어려운 말을 사용하지 않고, 모르는 얘기는 아는 척하지 않았다.

네 가지 계획을 적은 종이를 벽에 붙였다. 계획들을 보니 막연했던 앞날이 명확하게 다가와서 마음이 편안해졌다. 그래, 이렇게 시작하는 거야. 바로 고졸 검정고시 문제집을 주문했고, 운전면허 학원에 등록했다. 《노르웨이의 숲》은 세 번이나 읽었다. 가수가 말했던 '비스킷 깡통' 얘기가 나오는 부분에서는 눈물이 났다. 가수가 보고 싶었다. 연락해 볼까 하고 핸드폰을 들어 한참 고민하다 그대로 내려놨다.

똥파리도 아빠를 도와 편의점에서 일하며 잘 적응해 나갔다. 월급도 안 주면서 죽도록 부려 먹는다고 불평했지만, 행복한 비명처럼 들렸다. 벽에 붙은 내 계획을 한참 보더니, 똥파리도 조건을 달고 금연을 선언했다.

"지표야, 나도 금연할 테니까 금주는 지우자."

"무아지경으로 마셔서 취하기 싫어. 지난번에 너랑 그렇게 마시고 얼마나 힘들었는지 알아?"

"안 취할 정도만 먹으면 되지. 기분 좋을 만큼만. 성경에도 술 취하지 말라는 말은 있어도 먹지 말라는 말은 없다고."

"그럼 그럴까?"

똥파리는 볼펜을 들어 '금주'를 두 줄로 그어 지우고 그 옆에 '취하지 않을 정도로 마시기'라고 적었다. 그날 우리는 취하지 않을 정도로 술을 마셨다.

횡단보도에 빨간색 신호가 켜져 있었다. 녹색 신호를 기다리면서 고개를 들어 하늘을 봤다. 하늘은 투명한 파란색으로 눈이 부셨다. 도서관에서 창문을 통해 바라본 하늘과 달랐다. 검정고시 책의 크기만큼만 느껴졌던 하늘이 나와서 보니 넓고 깊었다. 가을 하늘은 왜 높게 보이

우리는 가시버시입니다

는 걸까? 하늘은 원래 끝이 없는데 왜 높거나 낮다고 느끼는 걸까? 흰 구름이 높게 자리 잡아 유유히 떠 가고 있었다. 구름이 존재해서 하늘의 높이를 가늠할 수 있듯 내게도 그런 존재가 있다. 가수가 없었다면 퇴학을 감당하지 못했을 것이다. 가수는 현실을 담담하게 받아들였고, 현명하게도 내게 시간을 줬다. 가수가 삶의 기준이 돼 주어 한없이 무너지지 않을 수 있었다. 구름이 높이 위치해 하늘을 높게 만들 듯, 가수는 시련과 좌절 위에서 날 끌어 올려줬다.

도서관에서 공부하고 있는데 가수에게서 연락이 왔다. 자신의 생일에 서로 시간을 갖자고, 얼마든지 기다리겠다고 했던 가수가 먼저 연락했다. 날짜를 헤아려 보니 삼 개월 조금 넘은 시간이 지나 있었다. 아무 준비가 되지 않은 나는 가수에게 연락할 수 없었다. 보고 싶었지만, 미래에 대한 계획과 확신이 생기지 않아 용기가 나지 않았다. 가수는 지친 걸까? 오늘 만나자고 문자를 보냈다. 짧은 문자였지만 그 속에 담긴 많은 감정이 느껴졌다. 약속 시간이 많이 남았지만, 공부를 할 수 없었다. 펼쳐 놓은 문제집과 펜들을 챙겨 도서관을 나왔다.

보행자 신호등이 바뀌자 옆에 섰던 사람들이 분주히 횡단보도 위를 걸었다. 하늘을 쳐다보며 생각에 잠겨 있다가 서둘러 길을 건넜다. 횡단보도를 중간쯤 건넜을 때, 맞은편에 걸린 현수막이 보였다. 현수막에는 대학 수학 능력 시험 응시자들을 위한 응원의 글이 적혀 있었다.

'수험생 508,030명을 응원합니다. 국회의원 김××'

    길을 건너서도 현수막의 숫자를 한참 바라봤다. 내가 학교에 남았다면 수험생은 508,031명이 됐겠구나. 왜 이렇게 자세히 숫자를 적었을까? 그냥 51만 명이라고 하면 안 됐을까? 이 숫자에 들어 있지 않은 나는 누구에게 응원을 받아야 할까? 한 명도 빼놓지 않고 응원하겠다는 뜻으로 일의 자릿수까지 정확하게 나타냈겠지만, 내겐 '어른들이 만들어 놓은 제도 안에 있지 않은 사람은 한 명도 응원해 주지 않을 테니 네가 알아서 하라'는 뜻으로 느껴졌다. 수능 시험을 보지 않는 학생들은 응원받을 가치가 없을까?

    집으로 가는 길에 똥파리나 만날까 하고 편의점으로 갔다. 편의점 앞에 서니 진열장에 상품들을 정리하는 똥파리의 뒷모습이 보였다. 계산대에서는 똥파리 아빠가 뭔가 열심히 설명 중이었다. 나는 편의점 안으로 들어가지 않은 채 유리창 너머로 그 풍경을 바라봤다. 저절로 미소가 지어졌다. 똥파리 아빠 표정에도 미소가 스며 있었다. 내게도 저런 아빠가 있었으면……. 똥파리는 퇴학 후 오히려 표정이 좋아졌다. 똥파리는 "이럴 줄 알았으면 진즉에 자퇴할 걸 그랬어."라며 떠들었다. 누구에게나 자기 자리가 있다. 발길을 돌려 집으로 가려는데, 뒤에서 날 부르는 소리가 들렸다. 똥파리 아빠였다.

    "너, 지표 아니니?"

    "안녕하세요?"

    "왜 들어오지 않고……."

"그냥 지나가는 길이에요."

그때 똥파리가 나왔다.

"야, 뭐야? 그냥 가면 어떻게 해?"

"너 일하는 중이잖아."

"그러니까 그냥 가면 안 되지. 나 좀 구해 주라. 밥도 못 먹고 개고생 중이야."

아저씨는 한심하게 쳐다보더니 지갑에서 신용카드를 꺼내 똥파리에게 건넸다.

"누가 들으면 악덕 업자인 줄 알겠다. 이거 가지고 가서 지표랑 밥이나 먹고 와."

똥파리는 신이 나서 날 끌고 근처 밥집으로 갔다. 똥파리는 가정식 백반 2인분을 시켰다. 정말 배고팠는지 급하게 먹었다. 그 모습을 보니 학교에서 급식 먹던 때가 떠올랐다.

"천천히 먹어. 이젠 빨리 먹어도 축구 못 할 텐데, 뭐 그리 급하냐?"

"내가 빨리 먹고 가야 아빠도 식사하시지."

"와, 너 철들었구나."

똥파리는 입가에 양념을 묻힌 채 웃더니 철든 소리를 보탰다.

"아빠가 그러더라. 인생은 새옹지마라고. 너 무슨 뜻인지 알아?"

"당연히 알지."

"그래? 수학만 잘하는 줄 알았더니……. 나만 몰랐구나."

"그거 중학교 한문 시간에 배웠잖아."

"일하는 날 보고 아빠가 그러더라고. 퇴학당해서 내가 철든 거라고.

나쁜 일 있으면 좋은 일도 있고, 좋은 일이 있으면 나쁜 일도 있는 거래. 그래서 너무 좌절할 필요가 없대."

"넌 좋겠다."

"뭐가?"

"그냥……."

나는 들고 있던 숟가락을 내려놓고 물 한 모금을 마셨다. 비스킷 깡통 얘기가 생각났다. 가수가 하기 전에 내가 먼저 연락하지 않은 게 후회됐다.

유리창 너머로 보이는 카페 밖 풍경은 분주했다. 차도에는 퇴근하는 차들과 배달하는 오토바이가 신호에 맞춰 가다 서기를 반복했다. 인도에는 교복 입은 학생들과 정장 차림의 어른들, 멋을 내 차려입은 연인들이 빠른 걸음으로 오갔다. 핸드폰만 들여다보며 걷던 두 사람이 부딪칠 뻔했다. 두 사람은 서로를 피해 다시 핸드폰을 보며 걸어갔다. 조마조마한 마음으로 그 모습을 지켜보다가 길 건너를 다시 쳐다봤다. 가수가 학교를 마치고 이곳으로 온다면 앞에 보이는 횡단보도를 건널 것이다. 신호를 기다리는 많은 사람 속에서 가수가 보였다. 금방 가수를 찾아낼 수 있었다. 누군가를 좋아한다는 것은 관심이 많다는 것이다. 가수의 꿈이 제빵사라는 걸 알게 된 이후로 빵집을 보면 저절로 눈길이 간다. 그전에는 주변에 빵집이 많은 줄 몰랐다. 빵 종류도 많이 알게 됐다.

신호가 바뀌자 가수는 횡단보도를 건넜다. 가수의 움직임에 따라 시선을 옮겼다. 커다란 유리창에 비친 내 얼굴엔 입꼬리가 올라가 있었다. 가수는 카페 안으로 들어와 나를 찾아 두리번거렸다. 가수가 쉽게 찾을 수 있도록 두 팔을 번쩍 올려 좌우로 흔들었다. 날 발견한 가수는 보조개를 만들어 웃으며 다가왔다. 맞은편에 앉은 가수는 아무 말 하지 않고 날 쳐다봤다. 나도 아무 말 없이 가수와 눈을 맞췄다. 우리는 눈빛으로 말했다.

'보고 싶었어.'

'저도요. 보고 싶어 죽을 것 같았어요.'

갑자기 가수의 눈에 눈물이 맺혔다. 나는 손수건을 꺼내 건넸다.

"미안해요."

"미안하긴 뭐가……. 괜찮아."

"오빠를 만나니 기뻐서 그런가 봐요."

"그런 거라면 맘껏 울어."

가수를 안아 주고 싶었지만, 그러지 못하고 그저 바라만 봤다. 마음이 진정된 가수는 그동안 어떻게 지냈는지 생각나는 대로 말하기 시작했다. 가수가 이렇게 수다 떠는 모습은 처음이었다. 만나지 못한 시간 동안 있었던 일들을 모두 알고 있어야 앞으로의 일을 얘기할 수 있다는 듯 계속 말했다. 나는 가수가 맘껏 말할 수 있도록 경청했다. 어느새 창밖에 어둠이 깔리고, 사람으로 가득하던 카페 안은 한적해졌다. 가수는 이때를 기다린 걸까? 잠깐 뜸을 들이더니 "오빠……." 하고 불렀다. 나는 이어질 말을 기다렸다. 가수는 핸드폰을 켜더니 내가 화면을 볼 수 있게 탁자 위에 올려놨다. 화면에는 사진 한 장이 떠 있었다. 이게 뭐지? 흰 플라스틱 막대에 간격을 두고 두 줄이 있었다. 혹시? 나는 바보 같은 질문을 했다.

"너, 혹시…… 코로나 확진됐어?"

긴장한 얼굴로 내 대답을 기다리던 가수는 순간 웃어야 할지, 울어야 할지 모르겠다는 어중간한 표정을 지었다.

"코로나 진단 키트 아니에요."

다시 자세히 보니 플라스틱 막대 밑에 희미하게 임신, 비임신 표시가 있었다. 설마…….

"이것…… 네 거야?"

"네."

가수는 고개를 숙였다. 머릿속이 하얘졌고, 몸은 굳었다. 가수는 고개를 살짝 들어서 날 봤다.

"놀랐죠? 저도 처음에 많이 놀랐어요. 어떻게 해야 할지 모르겠어요."

한 가지 의문이 떠올랐다.

"미안한데…… 누구야?"

가수는 다시 고개를 숙였다. 깊게 숨을 내쉬더니 대답했다.

"오빠요."

"나? 정말?"

이상하다. 전혀 기억이 없었다. 어떻게 그럴 수 있지? 아닐 거야. 그럴 리가 없어. 가수와 만날 땐 항상 공개된 장소에 있었는데. 가수가 뭔가 착각한 걸 거야.

"가수야, 미안한데 내가 아닌 거 같아. 난 기억이 없거든."

우리는 가시버시입니다

"그럴 거예요."

"응? 그럴 거라고? 그게 무슨 말이야?"

"그날 오빠는 술에 취해 있었거든요."

아, 그날이구나. 퇴학당해서 똥파리와 잔뜩 술 마시던 날. 그날 밤에 가수가 와서 뒷정리했었지. 그날의 기억을 되살리려고 집중했다. 기억이 나질 않았다. 집중해, 기억해야 해. 희미한 기억 하나가 떠올랐다. 똥파리가 나갔고, 나는 담배를 피웠다. 담배 연기 속에서 가수의 얼굴이 보였었다. 그리고 엄마 냄새가 났었다. 그게 꿈이 아니라 진짜였구나.

가수는 내가 확신할 수 있도록 설명을 보탰다.

"오빠, 이불에 얼룩 있지 않아요?"

어떻게 알지? 언제 어떻게 생겼는지 모르겠으나 이불에 붉은 얼룩이 있다. 음식을 먹다 흘려서 이불에 묻었다고 생각했었는데…….

"그 얼룩 그날 생긴 거예요. 제가 물로 닦아내긴 했는데, 잘 지워지지 않더라고요."

가수의 핏자국이었구나. 눈물이 나왔다. 내가 가수를 아프게, 힘들게 하다니……. 여러 감정이 섞여 복받쳤다. 힘겹게 "미안해."를 뱉어냈다. 그리고 침묵이 흘렀다.

어둠이 짙어지자 카페 창밖으로 지나가는 사람 수가 급격히 뜸해졌다. 빠르게 달리던 차가 울린 날카로운 경적에 놀라 멍해졌던 정신이 되돌아왔다. 가수는 고개를 숙인 채 그대로였다. 판결을 기다리는 죄인의 모습 같아 안쓰러웠다. 가수를 죄인으로 만들면 안 된다. 죄인은 나다. 가수에겐 아무 죄가 없다.

"내가 책임질게."

가수는 커진 눈으로 날 쳐다봤다. 창밖을 바라보고 홀리듯 말한 나는 가수의 눈을 마주 보며 다시 분명하게 말했다.

"내가 책임질 거야. 어떻게 해서든 너와 아기 모두."

"오빠······."

"넌 절대로 이상한 생각하지 마. 그 어떤 나쁜 생각도 하면 안 돼. 알았어?"

눈물이 가득 맺힌 채 가수는 울먹이며 천천히 말했다.

"오빠가······ 지우라고 하면 그러겠다고 하고, 나 혼자 낳아 기를 생각이었어요."

"무슨 소리야! 그럴 일 없어. 절대로 그렇게 하도록 그냥 두지 않을 거야."

"진심이든······ 아니든······ 그렇게 말해 줘서 고마워요."

"진심이야. 난 절대로······."

'우리 부모처럼 버리지 않을 거야'라고 말하려다 말았다. 가수에겐 '버려진다'라는 말이 존재하지 않길 바랐다.

카페를 나와서 가수를 집까지 바래다줬다. 가수의 몸 안에 아기가 자라고 있다니······. 앞으로 겪어야 할 일들이 무서웠지만, 이전에 느끼지 못했던 새로운 감정이 싹트기 시작했다. 이 감정이 부성애라는 걸까? 희한한 감정이다. 기쁨, 좋음, 행복, 자릿함, 즐거움, 따뜻함, 슬픔, 가여움, 안타까움, 허전함, 후회, 놀라움, 당황, 아찔함, 미안, 부끄러움,

우리는 가시버시입니다

불안, 무서움, 두려움, 혼란, 막막함이 모두 섞여 하나의 새로운 감정으로 탄생했다. 손을 잡고 걷다 잠시 멈춰서 가수의 배를 쳐다봤다. 가수도 내 눈길을 따라 자기 배를 보더니 웃으며 말했다.

"뱃살 때문에 임신한 거 모르겠죠."

"어? 음……."

나는 아무 말 못 하고 얼버무린 채 다시 걸었다.

"다행인지 모르겠지만…… 내가 뚱뚱해서 아무도 임신한 걸 의심하지 않더라고요."

"그런데 일단 병원부터 가 봐야 하지 않을까?"

"혼자 가기 무서워요."

"내가 같이 갈게. 이젠 너 혼자가 아니야. 너의 문제가 아니라 우리의 문제야. 함께 풀어 나가자. 할 수 있지?"

가수는 고개를 끄덕였다.

다음 날 산부인과를 찾아 검사를 받고 임신을 확인했다. 초음파 사진을 통해서 본 아기는 머리와 몸을 갖추고 있었다. 아기는 양수 속에서 편안한 자세로 떠 있었다. 가수의 맥박과 호흡을 느끼고 있겠지? 가수의 몸 안에는 작은 우주가 있었다. 의사는 아기가 건강한 상태고, 신장이 9센티미터 정도 된다고 했다. 나는 엄지와 검지로 길이를 가늠해 봤다. 이렇게 작은 아기가 가수의 배 속에서 자라고 있다니……. 의사는 유산 가능성이 큰 시기이므로 무리하거나 격렬한 활동을 하지 말라고 주의를 시킨 후, 내게 관계가 어떻게 되냐고 물었다. 남자친구라는 대답을 듣더니 부모에게 알리는 게 좋겠다고 덧붙였다. 내 생각도 그랬다.

"의사 말대로 부모님께 말씀드리는 게 좋을 거 같아."

한참을 고민하던 가수는 힘겹게 말했다.

"무서워요."

"그래, 나도 무서워. 하지만 계속 숨길 수 없잖아. 언제라도 해야 할 일이야. 내가 직접 말씀드리고 설득할게."

"아빠가 오빠를 때릴지도 몰라요."

"때리시면 맞아야지. 그 정도 각오는 돼 있어. 몇 대 맞는 게 무슨 큰 일이겠어. 너와 아기를 지킬 수 있다면 더 심한 것도 버텨 낼 수 있어."

책임질 것이다. 도망가거나 모르는 척하지 않을 것이다. 두렵지만 피할 수 없다. 한편으론 모든 게 명확해진 느낌이다. 막연했던 미래가 분명하게 그려졌다. 힘들고 슬프고 아프겠지만, 그동안 느끼지 못했던 행복이 있을 것이다. 1퍼센트의 행복이라도 존재한다면 지켜 낼 것이다. 가수를 만나기 전에는 1퍼센트의 행복도 없었다. 가수를 만난 것이 운명이라면 배 속에서 자라고 있는 아기도 운명이다. 내가 엄마 배 속에 있을 때부터 이미 정해져 있지 않았을까? 가수를 만나고, 아기를 만나기 위해 엄마가 떠났고, 아빠는 오지 않고, 그리고 난 퇴학당한 게 아닐까?

보름빵집. 처음 빵집 이름을 봤을 때 가수와 잘 어울린다고 생각했다. 가수의 이름처럼 대충 지은 듯한 느낌. 하지만 가수도, 빵집도 쉽게

우리는 가시버시입니다

기억되고 숨겨진 이야기가 있을 것 같았다. 이젠 두 이름은 무겁게 내 안에 자리하게 됐다. 빵집이 보이는 골목에 가수와 서서 마감을 기다렸다. 어두워진 길에는 이미 지나가는 사람이 없고, 빵집에는 마지막 손님이 빵을 골라서 계산 중이었다. 손님이 나가자 가수 엄마는 남은 빵을 정리했다. 가수 아빠는 빵집 밖으로 나와 밤하늘을 쳐다보며 기지개를 켰다. 가수 아빠가 빵집으로 다시 들어갔다.

"가자."

가수는 내 뒤에 바짝 붙어 따라왔다. 빵집까지 걸어가는 동안 달아나고 싶은 갈등이 생겼지만, 내 몸은 성큼성큼 발걸음을 옮기고 있었다. 빵집 문 앞에 멈췄다. 가수는 여전히 등 뒤에 딱 붙어 내 옷깃을 잡고 있었다. 떨림이 느껴졌다. 가수는 우는 건지 무서운 건지 고개를 숙인 채 떨고 있었다. 나도 떨렸지만, 그런 모습을 보이지 않으려고 어금니를 꽉 물었다. 뒤돌아 가수를 진정시키려는데 문이 확 열렸다. 열린 문 안쪽에 가수 엄마 아빠가 놀란 눈으로 쳐다봤다. 나는 순간적으로 "안녕하세요?"라고 허리를 굽혀 인사했다. 가수 엄마는 일단 우리를 빵집 안으로 안내했다.

빵집 안으로 들어서니 맛있는 냄새가 몸을 감쌌다. 이 냄새였구나. 가수에게서 묻어 나오던 냄새. 샴푸처럼 인공적이지 않은 미세하고 달콤한 냄새. 가수 엄마는 떨고 있는 가수를 보더니 놀라서 어깨를 감싸 안은 채 "왜 그래? 어디 아파?"라고 물었다. 가수가 아무 대답을 못하자 가수 아빠가 내게 무슨 일인지 물었다. 질문을 받고 나서야 어떻게 말해야겠다는 대책 없이 이 자리에 서 있다는 걸 깨달았다. 나도 모르게 무릎을 꿇었다.

"죄송합니다."

당황한 가수 아빠는 일으키려고 내 팔을 잡았다. 나는 두 눈을 감은 채 말을 뱉어냈다.

"죄송합니다, 아버님. 가수가 임신했습니다."

가수 엄마는 옆에 있던 의자에 털썩 주저앉았고, 가수 아빠는 내 팔을 놓은 채 뒷걸음쳐 벽에 기댔다. 가수는 떨면서 흐느껴 울었다. 그렇게 시간이 흘렀다. 가수 아빠는 가수 앞으로 갔다.

"네가 설명해 봐라. 이게 무슨 일인지."

"아빠……, 죄송해요."

"그만 울고 제대로 설명하라고!"

"오빠랑 병원 가서 진료받았는데, 임신이래요. 삼 개월 됐대요."

가수 아빠는 깊게 한숨을 쉬었고, 가수 엄마는 "아이고……."를 반복했다. 가수 아빠는 곰곰이 생각한 후 결심한 듯 말했다.

"네가 임신한 거 누가 알아?"

"아무도 몰라요."

"그러면 지우자. 아무 일도 없었던 것처럼."

가수 아빠는 그렇게 말하고, 나를 검지로 가리키며 말했다.

"그리고 너! 너는 가수 주변에서 사라져. 전학을 가든 이사를 가든 앞으로 평생 눈에 띄지 마."

나는 고개를 들어 '어떻게든 책임지겠습니다'라고 말하려는데, 가수가 먼저 말을 했다.

우리는 가시버시입니다

"아빠, 저 낳고 싶어요. 허락……."

찰싹! 말이 끝나기 전에 가수 아빠는 가수의 뺨을 때렸다. 가수는 옆으로 쓰러졌고, 나는 팅기듯 일어나 가수를 감싸안았다. 가수 엄마는 놀라서 일어나며 "가수 아빠!"라고 외쳤다. 가수 아빠는 소리쳤다.

"허락? 이 지경을 만들어 놓고 허락이라는 말이 나와! 나가, 당장 나가. 너 같은 딸 필요 없다. 어디 너 혼자 애 낳고 잘 살아 봐라. 이…… 나쁜 년."

가수 아빠는 문을 거칠게 열고 나갔다. 가수 엄마는 날 밀쳐내고 가수를 일으켜 의자에 앉혔다. 그리고 나를 문밖으로 밀어냈다.

"자네는 그만 가. 가수는 우리가 알아서 할 테니. 가수 아빠 얘기 들었지? 자네도 현명하게 판단해. 가, 어서."

가수는 맞은 뺨에 손을 댄 채 계속 울었다. 가수 엄마는 외등을 끄고, 문을 잠갔다. 실내등도 꺼지자 가수의 모습이 보이지 않았다.

가수 부모에게 임신을 말하며 겪을 모든 것을 감당하겠다고 각오했지만, 그 감당이 내 몫이 아니었음을 몰랐다. 나보다 가수가 감당할 고통이 더 클 거란 생각을 못 했다. 얼마나 큰 잘못을 한 건지 실감했다. 나는 주변 사람에게 해만 끼치는 존재구나. 분수를 모르고 감히 가수를 좋아하다니……. 그러지 말았어야 했다. 엄마 아빠가 내 곁에 없는 이유가 있었을 텐데 그걸 깨닫지 못한 채 가수를 곁에 두려고 했다. 나의 어리석은 욕심에 결국 가수만 고통받았다.

구름에 가려진 달이 위치를 바꿀 동안 빵집 앞에 서 있었지만, 아무도 만날 수 없었다. 날이 흐리고 바람기가 없어서 혼자 공간에 갇혀 있는 느낌이었다. 가로등도 애처롭게 빛을 냈다. 언제 꺼져도 어색하지 않을 정도였다. 가로등이 꺼지면 심장도 멈출 것 같았다. 어두워지고 생명체가 활동을 멈추면 공기도 흐름을 멈추는 걸까? 가만히 서 있으니 숨이 막혔다. 천천히 걸었다. 몸은 회귀 본능을 가졌는지 저절로 집으로 향했다.

집에 들어서니 밖보다 더 어두웠다. 불을 켜지 않은 채 방으로 들어갔다. 어제 자고 일어난 그대로 이불이 엉클어져 있었다. 어둠에 눈이 익자 사물이 하나씩 보이기 시작했다. 덮던 이불을 휙 젖혀 가수의 흔적을 찾았다. 창밖에서 흘러든 희미한 빛이 그 자리를 비추었다. 가수가 이불 위에 남긴 흔적은 빛바랜 사진처럼 붉은색을 완전히 소멸한 채 회색으로 변해 있었다. 그 위에 손을 올렸다. 아직 가수의 체온이 남아 있는 걸까? 밤공기로 차가워진 손이 따뜻해졌다. 지금 가수는 어떻게 하고 있을까? 핸드폰에는 문자도 오지 않았다.

톡톡톡.

무슨 소리지? 핸드폰을 보니 새벽 네 시였다. 가수를 생각하다 잠이 들었는지 집에 들어왔던 모습 그대로였다. 다시 자려고 눈을 감았다.

톡톡톡.

꿈이 아니었나? 무슨 소리지? 잘 떠지지 않는 눈꺼풀을 억지로 치켜들며 무거운 몸을 일으켰다. 거실로 나가는 사이 또 소리가 났다.

톡톡톡.

　　　　　우리는 가시버시입니다

다급한 듯 소리가 빨라졌다. 정신을 차리고 보니 누군가 현관문을 두드리고 있었다. 이 시간에 누가? 현관문 쪽으로 다가가니 속삭이는 듯한 작은 목소리가 들렸다.

"오빠……."

나는 서둘러 문을 열었다. 가수가 커다란 가방 하나를 들고 서 있었다.

"가수야!"

가수는 가방을 떨어트리더니 나를 그대로 안았다. 그 먼 거리를 걸어왔는지 온몸이 얼음처럼 차가웠다. 얼마나 추웠을까? 얼마나 무서웠을까? 가수를 진정시키고 집으로 들어오게 했다. 바닥에 떨어진 가방이 묵직했다. 전등을 켜니 가수의 얼굴과 옷이 엉망이었다.

"어떻게 된 거야?"

"집에서 도망 나왔어요."

"도망?"

"네. 못 나가게 해서 창문으로 도망쳤어요."

"다친 데는 없어?"

"네. 다치진 않았는데 옷이 찢어지고 더러워졌어요."

"안 다쳤으면 됐어. 일단 씻고 옷 갈아입어."

가수가 씻고 새 옷으로 갈아입는 동안 물을 끓였다. 가수가 오니 집안에 온기가 가득해졌다. 앞날에 대한 걱정도 머릿속에 가득했지만, 마음은 따뜻하고 기분은 좋았다. 가수가 바로 마시기 좋게 물의 온도를 적당히 맞췄다. 누군가를 위해 이렇게 정성껏 물을 끓이긴 처음이었다.

가수는 커다란 가방에서 편한 옷을 꺼내 입고, 따뜻한 물을 한 모금 천천히 마셨다.

"아, 따뜻해."

"집에 커피나 차가 없어서……."

"괜찮아요. 좋아요."

"전화하면 내가 데리러 갔을 텐데."

"핸드폰을 뺏겼어요. 엄마한테."

"그랬구나. 가수야……."

나는 말을 하려다 그만뒀다. '이제 어쩔 셈이야?'라고 물으려 했는데 적절한 질문이 아니었다. 그건 내가 대답해야 할 질문이다.

"네?"

"피곤할 텐데 바로 자라고."

깨끗한 이불을 꺼내 바닥에 깔고, 베개는 엄마의 것을 꺼냈다. 가수와 나란히 누웠다. 가수는 피곤한지 금세 눈을 감고 잠을 청했다. 옆으로 돌아누워 가수의 얼굴을 보니 가슴이 벅차고, 많은 생각이 들었다. 나도 가수도 갑자기 어른이 됐다. 나 혼자 살아가기 외롭고 힘든 세상이었다. 가수와 함께하면 힘들긴 해도 외롭지는 않을 것이다. 그렇다면 버텨 낼 수 있지 않을까? 아니 버틸 것이다. 그래야만 한다.

"오빠."

잠든 줄 알았는데, 가수가 뭔가 확인하려는 듯 불렀다.

"아직 안 잤어? 왜?"

"태명을 뭐라고 할까요?"

"태명? 아, 배 속 아기 이름?"

"네. 오빠가 지어 줘요."

"음……."

병원에서 초음파 사진으로 봤던 아기가 떠올랐다. 머리와 몸통이 있고, 팔다리 끝에 작은 손과 발이 있었다. 잘 보이지 않아 모르겠지만, 의사는 손가락과 발가락도 있다고 했다. 작은 생명체가 사람이 되어 가고 있었다. 그런데 크기가 9센티미터 정도라는 게 신기했다. 엄지와 검지를 벌려 그 크기를 가늠했었지.

"엡실론 어때?"

"그게 뭔데요?"

"그리스 문자인데, 수학에서 매우 작은 수를 나타내는 기호야."

가수는 눈을 감은 채 살짝 웃었다.

"태명으로 별론가?"

"아뇨. 좋아요. 엡실론이라……. 오빠, 잘 자요."

가수는 그렇게 말하고 가벼운 숨소리를 내며 바로 잠들었다.

밤공기가 점점 차가워졌다. 가로등은 애처롭게 날 비추었지만, 보름달 덕분에 주변이 환했다. 보름빵집은 밤 아홉 시가 되면 문을 닫는다. 문을 닫기 전 가수 아빠는 외등을 끄기 위해 가게 밖으로 나온다. 나는 그때를 맞추기 위해 가로등 밑에서 옅은 빛을 온기 삼아 기다렸다. 가수가 집을 나왔을 때, 이젠 되돌릴 수 없음을 깨달았다. 가수는 부모와 연이 끊길 각오로 왔을 것이다. 하지만 그런 가수를 기분 좋게만 맞이

할 수는 없다. 이미 저지른 일을 허락받는 게 모순이긴 하지만 어쩔 수 없다. 도움을 받지 않아도 괜찮다. 단지 가수 부모가 가수의 존재를 부정하지 않길 바랐다. 가수가 여전히 그들의 딸임을 확인받고 싶었다. 매일 밤 빵집을 찾아온 지 일주일이 됐다.

아홉 시가 되자 가수 아빠가 빵집 밖으로 나왔다. 나는 달려가서 가수 아빠 앞에서 무릎을 꿇었다. 가수 아빠는 외등을 끄고 가게 안으로 그냥 들어갔다. 오늘도 허탕 치는구나. 가게 안의 불도 꺼졌다. 천천히 일어나 어두워진 가게 쪽을 향해 허리를 굽혀 인사했다. 내일 다시 오자. 뒤돌아 걷는데 뒤에서 누군가 불렀다.

"잠깐만······."

가수 엄마였다. 나는 빠르게 다가가 인사했다.

"어디 가서 나랑 잠깐 얘기 좀 해요."

가수 엄마는 근처 카페로 날 데리고 들어갔다. 아는 사람이 있는지 둘러보고 계산대와 먼 곳에 앉았다. 가수 엄마는 주문한 커피가 나오기 전까지 아무 말 하지 않고 창밖만 바라봤다. 나는 고개를 숙이고 기다렸다. 탁자 위에 커피 두 잔이 놓이고 어느 정도 식어 김이 피어오르지 않자 가수 엄마는 말을 시작했다.

"가수는 잘 있어요?"

"네."

"아유, 독한 년, 나쁜 년."

"죄송합니다."

"말 놔도 되죠? 존대할 기분이 아니라서."

"네."

가수의 엄마는 얘기하기 전 마음의 준비를 하는 건지 창밖의 보름달을 한참 바라봤다. 나도 그 시선을 따라 보름달을 바라봤다. 보름달이 유난히 크게 보였다. 구름이 실루엣으로 보름달을 가리며 흘러갔다.

"가수가 태어날 때도 저렇게 환한 보름달이 떴었는데……. 가수가 어릴 때 친구들이 뚱뚱하다고 놀리면 내가 그랬지. 너는 먹어서 뚱뚱한 게 아니라 태어날 때 보름달의 살을 가득 받아서 그런 거라고. 그러면 금방 기분이 좋아져서 웃었지. 그랬던 애가 어느새 커서……."

가수 엄마는 과거에 대한 회상을 끝낸 듯 고개를 돌려 현실로 돌아왔다.

"가수한테 얘기는 대충 들었어. 어쩌다 임신……, 어쩌다 그랬는지."

가수 엄마는 '임신'이라는 단어를 내뱉고 스스로 놀랐다. 카페 안에 손님은 우리밖에 없었지만, 계산대 뒤에 있는 종업원이 들을까 봐 걱정돼서 그 단어를 생략했다.

"죄송합니다."

"자네는 퇴학당했다며……. 도대체 어쩌려고 우리 딸 인생을 그 지경으로 만들었어!"

"죄송합니다. 제가 무슨 일이 있어도 책임지겠습니다."

"책임? 그거 당연한 거 아냐! 말이 쉽지. 자기 인생도 책임 못 지면서 우리 딸 인생을 어떻게 책임질 거야? 응?"

"죄송합니다."

"자네 부모님은 아시나?"

"부모님은 이혼하셔서……."

"됐어. 말 안 해도 뻔하지 뭐. 그러니……."

가수 엄마는 흥분해서 높아진 목소리를 낮추려는 듯 식은 커피를 물처럼 마셨다. 커피잔을 내려놓고 깊게 한숨을 쉬었다.

"자네도 가수도 앞날이 창창하잖아. 그렇게 감정적으로 생각하지 말고, 이성적으로 생각해 봐. 가수 아빠 말대로 하자고. 가수를 설득해서 보내면 아기는 우리가 알아서 할게. 자네는 다른 데로 가서 아무 일도 없었던 것처럼 새롭게 시작하면 되잖아."

"어머님, 제가 얼마나 큰 실수를 했는지 알고 있습니다. 하지만 실수에 대한 책임만을 말씀드리는 게 아닙니다. 저는…… 가수를 사랑합니다. 가수도 저를……."

"아이고, 사랑 타령은……. 사랑으로만 살 수 있을 거 같아? 결국 자네 맘대로 하겠다는 거지?"

"죄송합니다. 가수도 저도 꼭 아기를 낳아 잘 키우고 싶습니다."

"아휴, 속 터져. 잘 키울 수 있냐고…… 둘이서. 그래, 어디 잘해 봐. 이제 오지 마. 우리가 자네를 보고 싶겠어? 왜 밤마다 찾아와? 불편하게. 우리도 원래 딸이 없었다고 생각하고 살 테니. 어차피 애 낳으면 학교도 못 다닐 테니 자퇴시킬 거야. 그런 줄 알고, 가수에게도 그렇게 전해."

가수 엄마는 의자가 쓰러질 정도로 몸의 균형을 못 잡은 채 카페를 나갔다. 화난 목소리로 소리쳤지만, 가수 엄마는 울고 있었다. 가수 엄마는 이 현실을 가수보다 더 받아들이기 힘들고 혼란스러울 것이다.

쓰러진 의자를 세우고 있는데 가수 엄마가 다시 들어왔다. 멀거니 서 있는 내 앞을 지나 탁자 위에 가수의 핸드폰을 올려놨다. 그리고 바로 뒤돌아 갔다.

가수 엄마와 나눈 대화를 가수에게 전했다. 가수는 담담하게 괜찮다고 했다. 가수는 배 속의 아기를 건강하게 낳는 것에만 관심 있는 듯 보였다. 괜찮다는 대답은 부모와 인연을 끊더라도 아기를 포기할 수 없다는 말을 함축했다. 나도 가수 부모를 설득하는 걸 포기하고, 가수와 아기를 보살피는 것에 모든 시간과 노력을 쏟기로 했다. 가수가 나와 함께 살게 되면서 가장 먼저 생활비가 걱정됐다. 아빠는 매달 정해진 날짜에 맞춰 돈을 보냈다. 아기가 태어나기 전까지는 그 돈을 아껴 쓰면 버틸 수 있을 것 같았다. 많지 않아도 대학 등록금으로 쓰려고 모아 둔 돈도 있었다. 하지만 아기가 태어나면 많은 게 바뀌고, 필요할 것이다. 돈을 모으기 위해 일이 필요했다. 검정고시 공부를 그만두고, 일자리를 찾아봐야겠다.

주변 사람들이 곱지 않은 시선으로 우리를 봤다. 같은 빌라에 사는 사람들뿐만 아니라 길 위에서 지나가는 사람들도 이상한 눈초리로 쳐다봤다. 학생들이 학교에 있을 시간이면 더 그랬다. 가수와 함께 똥파리가 일하는 편의점에 갔다. 편의점 안으로 들어가자 똥파리는 가수를 멍하니 쳐다보기만 했다. 앞에 서 있던 손님에게 한 소리 듣고 계산을 마친 똥파리는 가수의 눈치를 보더니 나를 끌고 편의점 밖으로 나갔다.

"뭐야, 이 시간에 왜 가수가 너랑 있어? 학교에 안 가고…….."

"가수 자퇴했어."

"뭐? 왜?"

"나랑 살려고."

"미친놈. 농담하지 말고."

"진짜야. 못 믿겠으면 이따 우리 집에 와 봐. 그냥 오지 말고 맛있는 거 사 들고 와라."

편의점 안으로 들어가 가수가 고른 음료와 과자의 바코드를 직접 찍고 계산했다. 한 손엔 간식을 들고, 한 손엔 가수의 손을 잡은 채 어리둥절한 표정으로 서 있는 똥파리를 어깨로 툭 치고 지나갔다. 등 뒤에서 "야!" 하고 외치는 똥파리의 목소리가 들렸지만, 우린 쳐다보지도 않은 채 "킥킥." 하고 소리 내 웃었다.

저녁이 되자 똥파리는 정말 찾아왔다. 내 말을 안 믿더니 궁금했는지 양손에 비닐봉지를 가득 채워 들고 왔다. 현관문 비밀번호를 아는데도 맘대로 들어오지 않고 초인종을 눌렀다. 내가 현관문을 열려고 일어서니 가수가 먼저 가서 문을 열었다. 가수를 바로 앞에서 대면한 똥파리는 그대로 굳은 채 서 있었다. 나는 빠르게 가서 손에 든 비닐봉지를 뺏어 들었다.

"와, 제법인데. 과일도 사 올 줄 알고."

한쪽 비닐봉지에는 사과가, 다른 쪽엔 소주와 안주가 있었다. 비닐봉지를 들고 집 안으로 들어가 펼치는 동안 똥파리는 가수만 보고 있었다.

똥파리는 소주 한 잔을 혼자서 마시더니 추궁하듯 어떻게 된 일이냐고 물었다. 가수가 나와 함께 살게 된 사연과 과정을 모두 말해 줬다. 아무 말 없이 듣기만 하던 똥파리는 실감 나지 않는 듯 소주만 마셔댔다. 몇 잔을 연이어 마시더니 술기운에 떠들기 시작했다.

"축하한다. 근데 축하할 일 맞나?"

"축하할…… 일이지."

나도 헷갈렸다. 가수는 그런 내가 맘에 안 들었는지 환하게 웃으며 또렷하게 말했다.

"고마워요. 축하해 주셔서."

똥파리는 당황해서 난처한 표정을 지었다.

"아, 네……. 그런데 내가 호칭을 어떻게……."

"형수님이라고 불러야지."

"왜 형수님이야? 제수씨지. 내가 너보다 생일도 빠른데."

가수가 나서서 호칭을 정리했다.

"그냥 가수라고 이름 부르세요. 저도 오빠라고 할게요."

"네……. 아니, 응."

호칭이 정리되자 가수와 똥파리는 금방 친해졌다. 가수는 심지어 똥파리에게 자고 가라고 했다. 똥파리는 자기가 공부는 못해도 눈치는 있다며 일어났다. 가수에게 잘 자라고 인사하고 나가면서 날 불렀다. 골목길을 걸으며 똥파리는 우리의 앞날을 걱정했다.

"앞으로 어떻게 할 거야?"

"뭘 어떻게 해? 아기 건강하게 낳아서 예쁘게 키워야지."

똥파리는 한숨을 쉬었다.

"아름다운 소리만 하고 있네. 앞으로 돈 들 일이 얼마나 많을 텐데……. 대책을 세워야지."

"너 퇴학당하고 너무 철든 거 아니냐? 갑자기 변하면 무섭다."

"나보다 네가 철들어야지. 넌 아빠가 될 텐데."

"나도 걱정이긴 해. 일단 검정고시를 포기하고, 돈을 벌어야겠다는 생각 중이야."

"너 얼마 전에 오토바이 면허 땄잖아. 내가 아는 선배가 치킨집 하는데, 거기 배달 일 알아봐 줄까?"

"정말? 고마워. 역시 너밖에 없다."

똥파리를 껴안자 징그럽다며 도망갔다. 그런 똥파리의 뒷모습을 보면서 흐뭇했다. 나의 협박에도 불구하고 똥파리는 술 취하면 항상 내게 미안하다고 했다. 오늘은 그러지 않았다. 가수 덕분에 미안한 마음이 조금 덜어진 걸까? 똥파리는 미안함을 가수와 아기에게 애정으로 나눠주려는 것 같았다.

가수는 제빵 자격증을 따기 위해 필기시험 공부를 시작했다. 이미 여러 번 떨어져서 그동안 실기만 준비했다고 한다. 가수는 이제 한 번에 합격할 수 있다며 기뻐했다. 학교에 안 가서 공부할 시간도 많고, 필기시험에 계산 문제가 많이 나오는데 내게 언제든 물어볼 수 있어서 좋다고 했다. 나는 가수와 함께 시간을 보내다 저녁이 되면 배달을 했다. 밤

우리는 가시버시입니다

늦게까지 일했지만, 전혀 힘들지 않았다. 일하는 내내 오로지 가수와 아기를 생각했다. 두 사람이 하루하루 안전하고 건강하게 지낼 수만 있다면 그것으로 충분했다. 누군가가 나를 기다린다는 게 이렇게 행복한 일인지 몰랐다. 혼자 살 땐 집 안에 찬 공기가 무겁게 내려앉아 있고, 라디오는 일방적으로 떠들었다. 이젠 아니다. 자정이 넘어 집으로 들어가면 온기가 가득 채워져 있다. 가수는 안 자고 기다리겠다며 고집 부렸지만, 항상 잠들어 있었다. 잠이 깰까 봐 조용히 들어가도 가수는 어떻게 알고 금방 깨서 안 잔 척을 했다. 그 모습이 사랑스러워서 그냥 속은 척한다.

이대로 살아도 좋겠다는 바람이 내겐 과분한 걸까? 신은 소박한 행복도 계속되면 위험하다고 생각하는 걸까? 아니면 그냥 심심한 걸까? 신은 어떻게 고통을 줘야 가장 아픈지 안다. 차라리 날 아프게 했으면……. 하지만 그러지 않았다. 가수를 아프게 해서 나를 더 아프게 했다.

그날도 배달을 마치고 자정을 넘겨 들어와 잤다. 피곤해서 바로 잠들었는데 얼마나 지났을까?

"꺄악!"

깊이 잠들었는데도 소스라치게 놀라서 비명 지르는 가수의 목소리가 들렸다. 나는 잠 속에서 급하게 빠져나와 몸을 일으켜 가수의 양팔을 잡았다. 가수는 떨고 있었다.

"왜 그래? 무슨 일이야?"

가수는 현관문 쪽을 가리켰다. 그곳을 빠르게 쳐다보니 문틈으로 스며 들어오는 빛을 배경으로 검은 실루엣이 보였다. 누군가 집으로 들어와 문 앞에 서 있었다. 누구지? 똥파리는 아닌데…….

'아!'

나쁜 짓을 들킨 것처럼 등골이 오싹해졌다. 왜 나는 그의 존재를 잊고 있었을까? 왜 아무 대비도 하지 않고 있었을까? 언제가 이런 날이 올 줄 알았으면서도 아무 일 없길 바란 걸까? 순간 후회가 밀물처럼 밀려왔다. 가수를 잡은 두 손을 놓고 일어나 현관문으로 몇 걸음 다가갔다.

"아빠."

자세히 보이지 않았지만, 아빠의 무표정이 느껴졌다. 공포가 느껴졌다. 차라리 욕을 하고, 날 때렸으면……. 아빠는 바닥에 내려놓았던 가방을 들더니 문을 열고 나갔다. 나는 맨발로 따라 나갔다. 아빠는 담배에 불을 붙이며 날 기다렸다. 자던 옷차림과 맨발로 나오니 추위가 온몸으로 금방 스며들었다. 몸이 조금씩 떨리기 시작했지만, 집에 갔다 오면 그새 아빠가 사라질까 봐 그냥 참았다. 아빠가 이런 날 보고 안쓰러워하길 바랐다.

"학교는?"

"그만뒀어요."

차마 퇴학당했다고 말을 못 했지만, 아빠는 이미 알고 물어보는 듯했다. 아빠는 하늘에 대고 한숨을 쉬었다. 뿌연 담배 연기가 길게 나와 퍼지다 금방 사라졌다. 몸이 더 떨렸다.

"참 아름다워. 내가 돈 벌려고 죽도록 일하는 동안 엄마도 너도 짝을

우리는 가시버시입니다

찾아 사랑하는구나."

"죄송해요."

"미안할 필요 없다. 오히려 잘됐다. 너도 어른이 됐으니 내가 신경 쓰지 않아도 되겠구나. 나도 내 인생 살 테니, 너도 네 인생 살아라. 이젠 생활비 보내지 않을 테니 그런 줄 알아라."

아빠는 태우던 담배를 바닥에 던져 발로 비벼서 껐다. 마치 마침표를 찍듯이. 멀어지는 아빠의 뒷모습을 보며 눈물이 나왔다. 엄마 아빠가 모두 살아 있는데 고아가 됐다. 이젠 정말로 내겐 가수만 남았구나.

'아, 가수⋯⋯.'

추위에 굳은 몸을 억지로 움직여 집으로 달려갔다. 집으로 들어가니 가수가 쓰러져 있었다.

"가수야, 가수야!"

흔들어 깨웠지만, 의식이 없었다.

"안 돼. 제발⋯⋯."

핸드폰을 찾아 들어 119를 눌렀다. 응급차가 와서 가수를 싣고 가까운 응급실로 갔다. 다행히 응급차 안에서 가수의 의식이 돌아왔다. 응급실에 도착하자 진료를 마친 의사는 갑작스러운 스트레스 때문에 일시적으로 실신한 것 같다며, 수액 주사를 놓았다. 가수는 조금씩 상태가 좋아졌다. 주사를 꽂은 채 병상 위에 누워 있는 가수를 보니 눈물이 났다. 가수의 손을 잡고 그 위에 얼굴을 묻었다. 가수가 다른 손으로 내 머리를 쓰다듬었다.

"오빠, 놀랐죠? 저 괜찮아요. 아기도⋯⋯."

"미안해……."

고개를 드니 가수가 웃었다. 웃고 있는 가수의 얼굴에는 고등학생의 모습이 없었다. 남은 십 대의 시간을 생략하고 바로 엄마가 되어 있었다. 가수의 미소에서 엄마의 따뜻함이 느껴졌다. 가수는 이렇게 엄마가, 어른이 되어 가는구나. 나도 가수를 따라 아빠가, 어른이 되어야겠다. 가수를 향해 미소 지었다. 여유 있는 가수와 다르게 운 것이 민망했다.

"휴…… 놀라서 애 떨어질 뻔했네."

가수는 내 말을 듣고 다시 한번 웃었다.

"오빠, 그 애는 아기를 말하는 게 아니에요."

"그래?"

"그 애는 간, 쓸개, 창자를 뜻하는 우리말이에요. 그래서 '애간장을 졸이다'라고 하잖아요."

"아, 그렇구나. 우리 가수 똑똑한데."

우리는 고난을 함께 겪으며 부모가 되어 갔다.

천만다행으로 아기는 건강했다. 엄마의 배 속에서 외롭게 잘 견뎌낸 아기에게 고마웠다. 가수가 기절했을 때는 그야말로 공포의 순간이었다. 강하게 떨치려고 해도 머릿속에서 온갖 나쁜 생각들이 줄줄이 솟아났다. 그 나쁜 생각들이 머릿속을 넘쳐흘러 조금이라도 입 밖으로 나오면 그대로 현실이 돼버릴까 봐 조마조마했다. 가수가 회복돼서 웃어 보일 때에도 걱정했던 생각들을 말할 수 없었다. 나쁜 생각 중 하나도 현실이 되지 않아서 다행이다. 가수의 임신을 알게 됐을 때 주변 사람들은 모두 걱정했다. 심지어 가수 부모는 아기를 지우자고 했다. 어린 우리가 감당할 수 없을 거라고 했다. 나는 아무것도 모른 채 오직 사랑과 책임감만으로 해낼 수 있을 줄 알았다. 겁이 나기 시작했다. 가수 엄마는 내게 말했었다.

"사랑으로만 살 수 있을 거 같아?"

이 말을 들었을 땐 막연하게 그럴 수 있을 것 같았다. 그럴 수 없다는 걸 깨닫게 해 주려는 걸까? 시련은 계속 찾아왔다.

가수가 응급실에 갔던 날 일주일 후 집주인 아주머니가 찾아왔다. 현관문을 열자 아주머니는 밖에 서서 목을 빼고 집 안을 훑어봤다.

"아이고…… 정말이네."

"무슨 일이세요?"

"응……. 집을 비워 줘야 할 거 같아."

"네? 갑자기 그게 무슨 말씀이세요?"

"자네 아빠가 월세 계약을 해지했어. 말 안 했나 보네."

"그럴 리가요."

아빠는 생활비를 보내지 않겠다고 했다. 그 말은 단지 생활비만을 뜻하는 게 아니었다. 모든 지원을 끊겠다는 것이었구나. 심지어 월세로 사는 이 집마저도. 아빠가 발로 뭉개서 불을 끄던 담배꽁초가 생각났다. 납작하게 눌려서 버려진 담배꽁초가 나였구나. 앞길이 막막했다. 답답하고 억울한 마음에 터져 나오려는 눈물을 간신히 참고 아주머니에게 빌었다.

"안 돼요. 나갈 수 없어요. 저 혼자가 아니에요. 배 속에 아기가 있어요."

"그래, 대충 사정을 알고 있어. 그래서 나도 난처하단 말이야."

"무슨 방법이 없을까요? 우리를 내쫓지 말아 주세요. 제발요."

"임신해서 갈 데가 없는 걸 뻔히 아는데 무턱대고 나가라고 할 수도 없고……."

뒤에 서서 듣고만 있던 가수가 내 옆으로 와서 아주머니의 손을 잡았다.

"아주머니, 부탁드려요. 우리 갈 데가 없어요. 여기서 내쫓기면 길 위에서 살아야 해요."

가수는 간절한 마음에 눈물을 흘렸다. 아주머니는 가수의 눈물을 손으로 닦아주며 울지 말라고 다독였다.

"울지 마. 아기 놀래. 나 이거 참……."

아주머니는 결심한 듯 가수의 등을 쓰다듬으며 날 쳐다봤다.

"그러면 내가 보증금은 안 받을게. 그 대신 월세를 십만 원만 더 올려서 줘."

고민할 필요가 없었다. "고맙습니다."라고 연거푸 말하면서 허리를 굽혀 인사했다. 가수는 마음이 놓였는지 더 슬프게 울었다. 아주머니는 가수를 꼭 안아 준 다음 건강에 신경 쓰라는 말을 남기고 갔다.

아주머니가 간 이후에도 우린 한참 울었다. 가수는 몸과 마음이 힘들어 울었고, 나는 그런 가수가 안쓰럽고, 힘들게만 하는 내가 한심해서 울었다. 가수는 내 품에서 울다 지쳐 잠이 들었다. 가수의 얼굴에는

우리는 가시버시입니다

눈물 자국이 선명했다. 너무 선명해서 가수의 얼굴에 얼룩으로 남아 평생 지워지지 않을까 봐 겁이 났다. 손으로 눈물 자국을 살살 닦았다. 마음이 너무 아팠다. 내가 아니었다면 엄마가 해 준 따뜻한 밥을 먹고, 제빵사가 돼서 아빠와 함께 빵을 만들었을 텐데⋯⋯. 내가 가수의 인생을 망쳐 놨다. 죽고 싶었다. 내가 없어지면 가수의 부모님은 가수를 받아 주지 않을까? 가수 아빠의 말대로 해야 했다. 나는 누군가를 책임질 수 있는 사람이 아니다. 엄마는 다른 사람과 재혼하기 위해 이혼 후 떠났고, 아빠는 돈을 벌기 위해 나를 어릴 때부터 혼자 됐다. 그런 부모에게서 태어나고 자란 내가 무책임한 그들과 다를까? 내 몸에는 엄마와 아빠의 유전자가 모두 있다. 나는 바보다. 수학 좀 잘한다고 허구한 날 남에게 논리를 따지더니 결국 이게 무슨 꼴이람. 나 스스로에게도 논리적이고 현실적으로 판단했다면 가수를 이렇게 만들지 않았을 것이다.

　가수의 목소리가 들렸다. 어디서 들리는 거지? 허공을 휘젓고 있는 내 손을 누군가 잡았다.

　"가수야!"

　눈을 뜨니 가수가 내 손을 잡고 있었다. 나도 잠이 들었구나.

　"오빠, 악몽을 꿨나 봐요. 식은땀이⋯⋯."

　가수는 이마에 맺힌 땀을 닦으며, 밥 먹자고 했다. 일어나 앉으니 밥상이 차려져 있었다.

　"가수야, 괜찮아?"

"괜찮아요."

"너무 많이 울어서 걱정했어. 괜찮다니 다행이다."

"푹 자고 일어났더니 힘이 나요. 배고파요. 우리 빨리 밥 먹어요."

자리를 잡자 가수가 냄비를 들고 와서 상 위에 올려놨다. 뚜껑을 여니 김치찌개가 맛있는 냄새를 풍기며 김을 모락모락 냈다.

"와, 맛있겠다. 잘 먹을게."

"울고 난 후엔 뭐니 뭐니 해도 김치찌개죠."

찌개를 숟가락으로 떠서 한 입 먹자 가수는 흐뭇한 표정으로 바라봤다. 맛있다. 엄지를 들어 보이자 가수는 날 불렀다.

"오빠⋯⋯."

"응?"

"나랑 약속해요."

"뭘?"

가수는 새끼손가락을 내게 디밀었다. 무슨 약속인지도 모르고 나는 새끼손가락을 걸었다.

"오빠, 나쁜 생각 하지 않기."

나는 순간 굳었다. 가수는 내 머릿속을 들여다본 걸까?

"왜 대답 안 해요?"

"응. 약속할게. 나쁜 생각 하지 않기. 그럼 너도⋯⋯."

"네. 저도 약속해요."

동지. 일 년 중에서 밤이 가장 길고 낮이 가장 짧은 날이다. 아침에

우리는 가시버시입니다

달력을 확인하던 가수는 오늘은 팥죽을 먹는 날이라고 했다.

"엄마는 동지가 되면 팥죽을 쑤어 강제로 먹였어요. 그래야 잡귀를 쫓는다고……."

"나는 한 번도 먹어 본 적 없어."

"그래요? 그러면 오늘 우리 팥죽 먹어요. 임신해서 그런지 먹기 싫던 팥죽도 먹고 싶어지네요."

"내가 일 마치고 오면서 사 올게."

가수는 고맙다며 웃어 보였다.

빠르게 해가 졌다. 해가 붉은 기운을 뿜으며 먼 산 뒤로 넘어가는 게 눈에 보일 정도였다. 가수가 오늘 동지라고 했던 게 생각났다. 구름이 가득 몰려와 안 그래도 가려는 해를 빨리 가라고 재촉했다. 해가 사라진 하늘을 차지한 구름이 어둠 때문인지 암막처럼 느껴졌다. 한두 방울 비가 떨어지더니 어느새 쓰고 있던 헬멧에 물이 맺혔다. 오토바이 헤드라이트를 켰다. 자동차들도 헤드라이트를 켰다. 그 불빛 속에서 빗방울이 분무기로 뿌린 듯 흩날렸다. 겨울, 비, 퇴근, 어둠, 연말. 이런 단어들이 사람들의 이동을 빠르게 했다. 자동차도, 사람도 빠르게 움직였다. 사람들은 가족들과 저녁 식사할 생각 하며, 따뜻한 집에 가서 피곤을 달랠 생각 하며 귀가를 서두르고 있을 것이다. 나도 집으로 가고 싶다. 가수와 아기가 기다리는 따뜻한 집으로. 꼭 팥죽을 잊지 않고 사 가야지.

몸이 젖어 추위가 느껴졌지만, 가수와 아기를 생각하니 힘이 났다.

이젠 누가 봐도 가수가 임신한 걸 알 수 있다. 아랫배가 볼록하게 나오면서 가수는 버스나 지하철을 탈 때 당당하게 임산부석에 앉았다. 가수의 배가 불러오는 만큼 아기도 자랐다. 태명인 엡실론은 수학에서 가장 작은 수를 의미하지만, 다른 뜻도 있다. 달의 남극에서 가장 높은 산도 엡실론이다. 아기는 보름달의 기운을 가진 가수 몸에서 쑥쑥 자라 산처럼 자리를 잡을 것이다. 가수는 가끔 태동을 느꼈고, 그때마다 배를 어루만지며 신기해했다. 그 느낌을 알 도리가 없는 나는 가수의 배에 대고 "엡실론, 안녕."이라고 인사했다. 의사는 임신 이십 주 정도 되면 태아의 뇌는 거의 다 발달해서 감각이 생기고, 감정을 느낄 수 있다고 했다. 이때부터 태아는 엄마의 목소리를 기억하기 때문에, 가장 좋은 태교는 태아와 대화하는 거라고도 했다. 그 후 가수는 나보다 배속에 있는 아기와 자주 대화했다. 내가 일을 마치고 집에 들어가면 내게 "잘 다녀왔어요?"라고 하지 않고, 배에 대고 "아빠, 오셨네."라고 했다. 아직 태어나지 않은 아기가 바로 옆에 있는 것처럼 가수와 나는 대화를 나눴다.

가수는 오늘도 내가 없는 집에서 아기와 대화하며 책도 읽고, 음악도 듣고, 요리도 하고 있을 것이다. 그런 생각을 하면 배달의 고달픔도 참을 수 있다. 하지만 조금씩 조바심이 났다. 약속을 못 지키면 어쩌지? 일찍 일을 마치고 팥죽을 사 가려고 했는데……. 배달이 많지 않은 평일이라면 일찍 들어갔을 것이다. 하지만 그럴 수 없다. 오늘같이 비가 오는 주말이면 배달이 많고, 무엇보다 배달비를 더 벌 수 있다. 비가 온다는 예고가 있는 날이면 가수는 걱정하며 오늘은 쉬라고 했다. 하지

우리는 가시버시입니다

만 가수도 그러지 못한다는 걸 알았다. 아빠의 지원도 없이 십만 원 오른 월세를 내려면 더 일해야 한다. 좋은 날씨, 나쁜 날씨 가리며 일할 처지가 아니다. 가수도 그것을 알기에 일 나가는 나를 걱정할 뿐 막지 못했다.

배달이 많고, 비가 오는 날이 마냥 나쁜 것만은 아니다. 어찌 보면 일이 없는 날이 더 걱정이다. 궂은 날씨에 배달하면 증가한 위험에 대한 대가를 받는다. 기상 할증, 심야 할증, 거리 할증, 결빙 할증, 고층 할증. 배달에 붙는 이런 할증을 실감할 때면 그나마 사람으로 대접받는 느낌이 든다. 세상에는 위험에 대한 대가를 받지 못하는 직업도 많다. 얼마 전에도 한 젊은이가 작업 중 공장 기계에 끼어 죽은 사건이 있었다. 그는 나보다 단 두 살이 많았다. 위험에 노출된 젊은이들. 허무하게 사라져 간 소박한 꿈과 소중한 생명을 생각하면 마음이 아팠다. 언론과 SNS에는 안전관리를 안 한 기업의 제품에 대한 불매 운동이 확산했다. 사람들은 그 회사 제품을 안 사면 그만이겠지만, 영업손실이 나서 인력을 감축하게 되면 결국 비정규직인 젊은이만 잘리게 되지 않을까? 하긴 사람이 죽는 사고도 정치 이슈나 여행, 맛집 사진으로 언론과 SNS에서 자리를 뺏겨 금방 잊혀질 것이다. 내게도 위험이 언제 찾아올지 모른다. 하지만 작은 오토바이에 의지해서 도로 위를 달려야만 가수와 아기를 먹여 살릴 수 있다.

아파트 앞에 오토바이를 세우고 배달함에서 치킨이 담긴 비닐봉지를 꺼냈다. 포장됐어도 맛있는 냄새가 코를 통해 훅 들어왔다. 기름진 냄새에 놀랐는지 배에서 꼬르륵 소리가 났다. 여전히 보슬비가 내렸다. 배달 음식이 비를 맞지 않게 하려고 품에 안고 현관 앞으로 뛰어가 호수를 눌렀다. 신호가 끊기더니 바로 현관문이 열렸다. '누구세요?'라고 물으면 '배달이요'라고 대답하려다 그냥 열리는 문을 통해 들어갔다. 배달 음식을 기다리는 사람의 짜증이 느껴졌다. 비가 오고, 퇴근 시간대라서 배달이 늦어졌다. 주문을 취소할까 봐 마음을 졸이며 도착했다. 다행히 현관문을 열어 주는 걸 보면 짜증은 났어도 취소할 마음은 없는 것 같았다. 서둘러 버튼을 누르고 엘리베이터가 1층으로 내려오길 기다렸다. 그런데 반응이 없었다. 확인하니 '점검 중'이라고 세 글자가 떠 있었다. 아……. 깊은 한숨이 나왔다. 배달해야 하는 집은 10층이다. 엘리베이터가 정상적으로 작동할 때까지 기다릴 여유가 없다. 이미 많이 늦었다. 어쩔 수 없이 계단으로 올라가기로 했다. 계단을 오를 때마다 머리에 쓴 헬멧이 좌우로 흔들렸다. 2층, 3층, 4층, ……. 벽에 새겨진 숫자들을 하나씩 세며 계단을 올랐다. 헬멧 안에 습기가 차고, 비에 젖은 옷에서는 몸의 열기로 김이 나기 시작했다. 5층, 6층, 7층, ……. 다리가 무거워졌다. 두 칸씩 뛰어오르다 젖은 신발의 물기 때문에 미끄러졌다.

"으악!"

무릎이 계단 모서리에 부딪혔다. 통증 때문에 제대로 걷기 힘들었지만 멈출 수 없었다. 절뚝거리며 난간을 붙들고 계단을 올랐다. 다행히 미끄러지는 중에도 치킨이 든 비닐봉지는 떨어트리지 않았다. 8층, 9층, 10층. 다 올라왔다. 거친 숨과 땀으로 헬멧 안은 습기가 가득해서

우리는 가시버시입니다

앞도 잘 보이지 않았다. 달리기를 마치며 스톱워치를 누르듯 벽에 붙은 초인종을 눌렀다. 초인종 소리가 울리자 문 안쪽에서 아이들의 환호성 소리가 들렸다. 잠시 후 문이 확 열렸다. 한 발자국만 앞에 있었다면 헬멧을 쓴 머리가 문에 부딪힐 뻔했다. 문을 연 여자는 짜증내며 비닐봉지를 거칠게 뺏었다.

"도대체 배달시킨 게 언젠데 이제 와요? 노무 늦잖아요. 취소할 뻔했네."

익숙한 목소리였다. 습기로 희미하게 보여도 바로 알 수 있었다. 노쌤이었다. 노쌤은 비가 오는 이 추운 겨울에도 반팔과 반바지 차림이었다. 노쌤 손에서 치킨을 받아 가는 두 명의 아이도 같은 옷차림이었다. 심지어 한 아이는 팬티 차림이었다. 치킨을 건네고 그냥 서 있자 노쌤은 날 이상한 눈초리로 한 번 흘깃 쳐다보더니 문을 꽝 하고 닫아 버렸다. 나는 헬멧을 벗었다. 찬 공기가 땀을 식혔다. 단단히 닫힌 철문을 쳐다봤다. 문에는 '1004호'라는 표지가 붙어 있었다. 머리카락을 적신 땀이 흘러내려 허무하게 웃고 있는 입꼬리에서 멈췄다. 입으로 스며들자 짠맛이 났다. 눈물도 땀이 흘러내린 자국을 따라 흘러내려 입으로 스며들었다. 땀보다 더 뜨겁고, 더 짠맛이 났다. 패배자처럼 울며 서 있는 내가 이 아파트와 어울리지 않아서 지워 버리려는 듯 엘리베이터 앞에 있던 센서 등이 꺼졌다.

노쌤의 인생은 나와 너무 다르다. 그녀의 앞에는 쉬운 문제들만 놓여 있는 걸까? 나는 뭐 하나 쉬운 게 없다. 어려운 문제들만 가득하다. 노쌤은 문에 붙어 있는 호수만큼이나 천사처럼 산다. 따뜻한 아파트에서 배달 음식 시켜 먹고 가족과 행복한 시간을 보내고 있다. 지금쯤 가수 는 보일러도 안 켜고 밥도 안 먹고 날 기다리겠지? 가수는 씻거나 잘 때 만 보일러를 켠다. 기름을 아끼지 말라고 해도 자기는 뚱뚱해서 추위 를 잘 못 느낀다고 했다. 거짓말이다. 가수는 여러 겹으로 옷을 입고 있 다. 양말도 두 겹으로 신는다.

집에 가자. 오늘은 가수와 함께 있자. 무릎이 다시 아팠다. 밀린 배 달이 몇 건 더 있지만, 아프다는 핑계로 집에 가야겠다. 가수를 보고 싶다. 아픈 다리를 끌고 엘리베이터 앞에 서자 센서 등이 켜졌다. 다 행히 엘리베이터는 점검을 끝내고 다시 작동했다. 엘리베이터를 타 서 줄어드는 숫자를 바라봤다. 10, 9, 8, ……. 빠르게 1층에 도착했다. 밖으로 나와 헬멧을 쓰려는데 회오리바람이 불어 빗물이 얼굴을 때렸 다. 찬 기운에 정신이 번쩍 들었다. 아, 맞다. 팥죽. 핸드폰으로 검색해 서 근처 죽집을 찾았다. 오토바이를 타고 도착하니 이미 문이 닫혀 있 었다. 다른 죽집을 검색하니 모두 영업 종료 상태였다. 어쩌지? 오토 바이를 반납하고 비를 맞으면서 집으로 향했다. 걷는 동안 머릿속에 서 팥죽 생각만 났다. 가수와 약속했는데……. 팥죽 사 오길 기다릴 텐 데……. 그래, 편의점! 편의점에서 팥죽을 봤던 기억이 났다. 아픈 다 리를 끌고 서둘러 똥파리네 편의점으로 갔다. 문을 열고 들어가니 똥 파리 아빠가 계산대에서 졸고 있었다. 아저씨는 문에서 울리는 종소리 에 잠을 깼다.

"지표, 왔니?"

"안녕하세요?"

우리는 가시버시입니다

아저씨를 보지도 않고 인사한 후 팥죽을 찾았다. 다행히 간편식 판매대에 팥죽이 있었다. 한 개를 들어 계산대에 올려놓자 아저씨는 바코드를 찍었다.

"왜 아내가 먹고 싶대?"

"아내요? 아, 가수요."

아내라는 말에 느낌이 이상했지만, 기분이 좋았다.

"오늘 동지라서 가수가 먹고 싶대요."

"그런데 한 개만 사?"

"저는 팥죽을 안 좋아해요."

내가 어색하게 대답하고 웃자 아저씨는 판매대로 가서 팥죽을 다섯 개 더 가져와서 바코드를 찍었다. 나는 빠르게 머릿속으로 가격을 계산했다. 아저씨는 내 생각을 눈치챈 듯 안심시켰다.

"돈은 됐다. 그냥 가져가. 임신한 아내가 먹고 싶다는데 한 개가 뭐냐? 여섯 개 정도는 가져가야 맘껏 먹지. 이거 맛있어. 너도 먹어 봐."

아저씨는 고맙다고 인사하는 내게 팥죽이 담긴 봉지를 건넸다.

팥죽이 담긴 봉지를 흔들며 기분 좋게 집으로 향했다. 가수가 팥죽을 기다리고 있을 생각에 무릎의 통증도 줄어서 걸음이 빨라졌다. 조용히 문을 열고 들어가니 가수가 잠들어 있었다. 베개 옆에는 보던 책이 펼쳐진 채 있었다. 가수는 요즘 근처 도서관에서 태교에 도움이 되는 책을 잔뜩 빌려왔다. 한 사람당 열 권까지 대출할 수 있는데도 나를 회원 가입시키더니 한 번에 스무 권씩 빌려왔다. 가수가 빌려오는 책은 주로 그림이 가득한 동화책이었다. 가수는 반납할 때까지 여러 번 반복해서 읽었다. 가끔 아빠 목소리도 들려줘야 한다며 배에 대고 책을 읽게 시켰다. 그럴 때마다 가수는 태동이 강하게 느껴진다며 신기해했다.

신발을 벗고 거실 바닥에 발을 딛자 찬 기운이 그대로 올라왔다. 이렇게 추운데 보일러도 안 켜고 잠들었구나. 감기 걸리면 어쩌려고⋯⋯. 약도 못 먹는데. 서둘러 보일러를 켜고 이불을 꺼내 덮어줬다. 가수는 인기척을 느끼고 눈을 떴다.

"오빠, 왔어요?"

"응. 감기 걸리면 어쩌려고 이러고 자."

"따뜻하게 입었어요."

"나 씻을 동안 좀 더 자."

가수는 잠결에 추운지 이불을 머리까지 끌어당겨 덮었다.

씻고 나니 다친 무릎이 더 아팠다. 무릎에 파란 멍이 들어 손으로 만질 수 없을 정도였다. 그래도 움직이지 않을 때는 통증이 덜했다. 가수 앞에서는 다친 걸 티 내지 않으려고 애썼다.

"가수야, 팥죽 먹자."

가수는 이미 잠을 깬 채 누워 있었는지 금방 일어났다. 팥죽 여섯 개를 앞에 펼쳐 놓았다.

"와, 너무 많이 사 온 거 아니에요?"

"이 정도는 먹어야지. 배고프지? 빨리 먹자."

"우리 세 개씩 나눠 먹어요."

"아니지. 세 식구니까 나 두 개, 너 두 개, 아기 두 개 먹어야지."

"그러면 내가 네 개 먹어야……."

"아기가 먹는 거로 생각해."

가수는 못 먹을 것처럼 말하더니 결국 네 개를 다 먹었다.

"미안해. 제대로 된 팥죽을 먹이고 싶었는데. 죽집이 모두 문을 닫아서……."

"편의점 팥죽도 맛있어요. 이걸로 충분해요. 잘 먹었습니다."

"먹고 싶은 거 있으면 또 말해. 알았지?"

"그럼요. 이때 아니면 언제 맘껏 먹겠어요. 먹고 싶은 거 생각날 때마다 다 말할 거예요."

가수는 배부르다며 이미 부른 배를 문질렀다. 그 모습을 보고 웃었지만, 마음이 아팠다.

가수는 말하지 않을 것이다. 먹고 싶은 게 있어도 참고 또 참을 것이다. 기껏해야 편의점에서 파는 음식 정도를 말하겠지. 그래서 가수에게 말하지 못했다. 똥파리 아빠가 이 팥죽을 그냥 줬다는 걸 알게 되면 편의점 음식마저도 말하지 않을 것이다.

다음 날 늦잠을 잤다. 전날 비를 맞고 배달해서 그런지 몸이 무거웠다. 창문을 통해 들어오는 햇빛에 눈이 부셔 잠을 깼다. 몇 시일까? 눈도 뜨지 못하고 팔을 뻗어 핸드폰을 찾았다. 주변을 휘젓던 내 손에 잡힌 건 핸드폰이 아니라 가수의 손이었다.

"잘 잤어? 몇 시야?"

대답이 없었다. 그제야 눈을 뜨고 보니 가수가 울고 있었다. 놀라서 급히 상체를 일으키려다 실패했다.

"으악!"

"그냥 누워 있어요."

자고 일어나니 무릎 통증이 심해졌다. 아, 이런. 가수가 알았구나.

"왜 말 안 했어요. 이렇게 심하게 다쳤는데……."

바지가 무릎 위까지 걷어 올려져 있었다.

"어, 어떻게 알았어?"

"오빠가 자면서 계속 끙끙거렸어요. 몸을 옆으로 돌려 눕지도 못하고……."

"아…… 그랬구나. 어젠 괜찮았는데."

"병원 가요."

"괜찮아질 거야. 안 가도 돼."

"오빠 몸이 오빠 혼자 거예요?"

가수의 질문에 아무 대답 못 했다. 똥파리 아빠가 내게 말했던 '아내'라는 단어가 떠올랐다. 가수는 나의 아내고, 나는 가수의 남편이다. 가수는 엡실론의 엄마고, 나는 아빠다. 이제 고등학생 지표가 아니다. 가수와 아기를 지켜야 하는 책임과 함께 나 자신을 지켜야 하는 의무도 있다는 걸 깨달았다.

"미안. 지금 병원에 갈게."

"같이 가요."

임신한 가수에게 의지한 채 병원으로 갔다. 절뚝거리는 남자와 임신한 여자가 팔짱을 끼고 기대서 걷자 사람들이 쳐다봤다. 주변 눈치를 보자 가수가 웃었다.

"오빠, 우리 처음 햄버거 먹을 때 기억나요?"

"기억나지. 시험 끝나고 우리 만났잖아. 아마도 첫 데이트였지?"

"맞아요. 그전부터 오빠를 좋아하긴 했지만, 사랑의 감정을 느낀 게 그때였어요."

"그래?"

"뚱뚱한 나와 함께 있는 오빠가 창피할까 봐 걱정했는데, 오빠가 내게 뭐라고 했는지 알아요?"

"기억이 잘……."

"네가 나의 있는 그대로의 모습을 좋아해 주면 나도 그럴게."

가수는 나를 성대모사했다.

"그렇게 멋있는 말을 내가 했다고?"

"네. 한 음절도 틀리지 않게 말할 수 있을 정도로 정확히 기억해요."

우리는 추억을 진통제 삼아 병원에 도착해서 진료를 받았다. 다행히 엑스레이 필름을 본 의사는 뼈는 괜찮으니 약을 먹으면서 며칠 쉬라고 했다.

약을 먹고 하루 쉬니까 무릎 통증이 빠르게 줄었다. 크게 다치지 않았다는 의사의 말을 들으니 마음이 편했다. 가수의 말대로 병원에 가길 잘했다. 매일 오토바이를 타고 배달하다가 온종일 집에 있으니 답답했다. 열린 창문으로 겨울답지 않게 따뜻한 햇볕을 품은 명지바람이 흘러

들어왔다. 바람은 내 얼굴을 스치고 지나서 가수의 얼굴에 닿았다.

"상쾌하다."

가수의 감탄에 나가고 싶어졌다.

"우리 산책하러 나가자."

"오빠, 괜찮아요?"

"그럼. 어제 하루 쉬었더니 금방 좋아졌어. 그래서 저녁에 일 나가려고."

"하루만 더 쉬는 게 어때요?"

"산책하고 나서 아프면 그럴게. 어서 나가자. 날씨 좋아."

먼저 나가 볕받이에서 가수가 나오길 기다렸다. 가수는 분주하게 왔다 갔다 하더니 내게 와서 팔짱을 꼈다. 우리는 가까운 개천 산책로를 걸었다. 날이 따뜻해서 많은 사람이 산책로를 따라 걷고 있었다. 이렇게 가수와 여유롭게 걷는 게 참 오랜만이다. 가수도 그동안 답답했는지 주변을 두리번거리며 들떠 있었다.

"오빠는 엡실론이 아들이면 좋겠어요, 딸이면 좋겠어요?"

"아들도 좋고, 딸도 좋아."

"에이, 그게 뭐예요. 나는 오빠 닮은 아들이면 좋겠어요."

"그러면 나는 널 닮은 딸이면 좋겠어."

가수는 대답이 의미 없다는 표정으로 날 흘겨봤다.

"다시 질문. 우리 애가 커서 어떤 사람이 되면 좋겠어요?"

"음……. 행복하고 건강한 사람."

"아, 정말. 당연한 답변 감사합니다."

장난스러운 표정을 짓는 가수를 보고 한참 웃었다. 가수는 갈대밭 앞

　　　　　　　　우리는 가시버시입니다

에서 걸음을 멈췄다.

"왜?"

"잠깐만요."

가수는 주머니에서 비닐봉지를 조심스레 꺼내서 갈대밭으로 다가갔다. 무슨 일인가 싶어서 따라가 가수 옆에 섰다. 가수가 비닐봉지 묶음을 풀어 펼쳤다. 하얀 쌀이 들어 있었다.

"오빠 이걸 저기로 뿌려 줘요."

나는 시키는 대로 쌀을 움켜 집어 갈대밭 여기저기에 뿌렸다. 비닐봉지를 털어서 쌀을 다 뿌린 다음 가수는 다시 내게 팔짱을 끼고 걸었다. 우리가 멀어지자 어디선가 참새 떼가 날아와 갈대밭 속에서 요란하게 짹짹거렸다.

"참새들 주려고 쌀을 챙겨 온 거야?"

"네. 전에는 이 산책로 걸으면서 참새들에게 빵조각을 뿌려 줬었어요. 지금은 빵을 못 먹으니……."

가수는 말을 멈췄다. 나는 걸음을 멈췄다. 빵을 좋아하는 가수가 그동안 빵을 못 먹었다니……. 가수는 한 번도 빵을 먹고 싶다고 말한 적이 없었다. 나는 바보처럼 한 번도 빵을 사주지 않았다.

"미안. 네가 빵 좋아하는 걸 알면서 한 번도 사 주질 않았네."

"아니에요. 이제 빵 안 좋아해요. 그냥 빵 먹은 지 오래돼서……."

"우리 지금 가서 빵 사 먹자. 뭐 먹고 싶어?"

가수는 난처한 표정을 짓더니 결심한 듯 힘겹게 말했다.

"롤케이크……요."

근처 빵집으로 갔다. 매장 한쪽에 다양한 종류의 롤케이크가 쌓여 있었다.

"네가 골라. 먹고 싶은 걸로."

가수는 어떤 맛인지를 살피지 않고, 가격을 봤다. 결국 결정을 하지 못했다.

"그냥 안 먹을래요."

답답해진 나는 아무거나 하나 집어 계산대로 향했다. 가수는 날 따라오며 계속 사지 말자고 했다.

"이거 계산해 주세요."

"만오천 원이요."

종업원은 내가 내민 체크 카드를 받아 꽂았다. 종업원은 이상하다는 듯 카드를 빼서 다시 꽂았다.

"저…… 손님, 잔액이 부족하다고 뜨는데요."

카드를 건네받으며 날짜를 따졌다. 아…… 통장에 돈이 없겠구나. 월세 내고, 각종 요금이 빠져나가면 통장에 얼마 남지 않는다. 그래서 마지막 일주일은 만 원으로 버티며 살아왔다. 가수는 계산대 위에 놓인 롤케이크를 집어 원래 자리로 옮겼다. 롤케이크 하나 사 줄 수 없는 내 처지가 비참했다. 계산대 앞에서 멍하니 서 있는 사이 가수는 빵을 하나 집어 왔다. 한 번 먹을 수 있을 정도의 크기로 포장된 조각 롤케이크였다.

"오빠, 이거면 돼요. 저건 다 먹을 수도 없어요."

빵집을 나와 집을 향해 걷는 동안 나는 침묵했다. 가수는 가끔 내 눈

우리는 가시버섯입니다

치를 봤다.

"미안해."

"내가 먹고 싶은 롤케이크 사 줬잖아요."

가수는 포장된 한 조각의 롤케이크를 내 앞에 흔들며 웃었다. 가슴속 깊은 곳에서 슬픔이 터져 나오려는 걸 간신히 참고 나도 따라 웃었다.

"약속 기억하죠?"

"나쁜 생각 하지 않기."

"맞아요."

접시에 롤케이크를 담은 채 서로 마주 보고 앉았다.

"어서 먹어."

"저 혼자 어떻게 먹어요. 맛없게. 같이 먹어요."

가수가 칼로 자르려고 할 때, 칼을 뺏었다.

"내가 자를게. 그 전에…… 문제 하나 낼까?"

"갑자기요?"

"두 사람 모두 아무 불평 없이 공정하게 빵을 나누는 방법이 뭘까?"

"글쎄요. 모르겠어요."

"한 사람이 자르고, 다른 사람이 선택하는 거야."

"아…… 그러네요."

"내가 자를 테니 네가 선택해."

"좋아요."

나는 한쪽을 크게 해서 롤케이크를 잘랐다. 그러자 가수는 작은 쪽을 선택했다. 어? 이게 아닌데. 이런 논리도 사랑하는 사람들 사이에서는 성립하지 않는구나. 나는 가수가 포크로 찍은 작은 쪽을 잽싸게 집어서 먹었다.

아기는 시간을 먹고 자라는 걸까? 빠르게 흐르는 시간만큼 가수의 배도 불렀다. 아기는 이제 1킬로그램 정도의 무게가 됐고, 양수 속에서 할 게 많은지 발차기도 심해졌다. 가수는 무거워진 배 때문에 다리가 붓고 힘들어하면서도 "이제 나오고 싶은가 봐요."라고 말하며 웃어넘겼다.

내일은 설날이다. 뉴스에서는 설날 민족 대이동이라는 타이틀로 서울에서 부산까지 아홉 시간 걸리고, 설 연휴 기간 중 약 2,700만 명이 이동할 거라는 소식을 전했다. 양손에 선물을 가득 들고 한복을 입은 한 가족은 오랜만에 부모님과 친척들을 만날 생각에 행복하다며 인터뷰했다. 내겐 설날은 요일처럼 그냥 의미 없는 날이다. 굳이 의미를 붙이자면 친구들은 가족과 있고, 주변 가게들과 도서관은 문을 닫아서 집에서 혼자 있어야 하는 외로운 날이었다. 이번 설날부터는 외롭지 않다. 가수가 있기 때문이다. 하지만 가수에겐 외로운 날이 됐다. 가수는 엄마 아빠가 그립지 않을까? 나는 하나를 얻었지만, 가수는 둘을 잃었다.

설날 연휴에는 음식 배달이 많지 않다. 어디 갈 데도 없고, 누구 만날 일도 없는데 집에만 있을 수 없었다. 가수를 혼자 두는 게 마음 아프지만 일을 해야 돈을 벌 수 있다. 곧 아기도 태어날 것이다. 일을 늘려서

우리는 가시버시입니다

돈을 더 벌어야 한다. 그래서 똥파리에게 부탁했다. 편의점에 아르바이트 자리가 생기면 연락해 달라고.

다행히 치킨집은 연휴 중 설날 당일만 쉬고, 나머지는 영업했다. 2,700만 명에 해당하지 않는 나 같은 사람이 많은지 배달이 예상외로 많았다. 배달을 마치고 돌아가다 사거리 교차로에서 신호 대기하고 있었다. 설 전날이라서 교차로 옆에 있는 대형 마트 주변에는 많은 차와 사람이 오고 갔다.

가수다! 왕복 8차로 도로 건너편 인도에 가수가 천천히 걷고 있었다. 멀리서 봐도 불룩해진 배가 눈에 바로 들어왔다. 가수는 마트에서 장을 본 것 같았다. 집을 나올 때 가수가 했던 말이 생각났다.

"오빠, 내일 설날이니까 떡국 끓여 줄게요."

가수는 내일 떡국을 끓이기 위해 마트에서 재료들을 샀을 것이다. 집까지 바래다줘야겠다. 가수만 쳐다보고 오토바이 핸들을 꺾어 옆 차로로 끼어들었다. 뒤에서 달려오던 차가 요란하게 경적을 울리며 급제동했다. 다행히 차와 부딪히지는 않았지만 놀라서 넘어질 뻔했다. 급제동한 외제 차는 짙게 선팅되어 운전자가 보이지 않았다. 오토바이를 똑바로 세우고 보이지 않는 운전자를 향해 죄송하다며 고개 숙여 사과했다. 운전자는 창문을 열고 욕을 했다. 욕을 내뱉는 남자와 조수석에 앉은 여자는 한복 차림이었다.

"야, 이 딸배 새꺄, 운전 똑바로 못 해!"

"죄송합니다."

운전자는 그 정도 욕으로 성이 차지 않는지 차에서 내리려고 문을 열었다. 나는 당황해서 싸워야 하나 도망가야 하나 고민했다. 그때 뒤에서 오토바이 한 대가 신호를 기다리는 차들 사이로 빠르게 달려왔다. 오토바이 운전자는 빨간 헬멧을 쓰고 있었다. 곧 직진 신호로 바뀔 것으로 예상했는지 속도를 줄이지 않았다. 그런데 갑자기 차 문이 열리자 급하게 핸들을 꺾어 피했으나 중심을 잡지 못하고 쓰러졌다. 교차로에서 쓰러진 사람과 오토바이는 두 갈래로 갈라져 미끄러졌다. 오토바이는 아스팔트에 긁혀 불꽃을 튀기며 오른쪽으로 미끄러져 가다 멈췄다. 사람은 속도를 이기지 못하고 데굴데굴 한참 굴러갔다. 다행히 헬멧이 벗겨지지 않았다. 그런데 하필 늦게 신호를 받아 급하게 좌회전하는 트럭 쪽으로 굴렀다. 트럭은 급제동했지만 이미 사람이 앞바퀴에 깔린 후였다. 잘 보이지 않았지만, 다리가 깔린 것 같았다. 교차로 주변에 있던 사람들이 그 사고를 목격했다. 아주 짧은 순간에 사고가 벌어졌다. 지나가던 사람들이 오토바이 운전자를 구출하기 위해 뛰어갔고, 한 아저씨는 핸드폰으로 신고했다. 두 손으로 얼굴을 가리고 탄성을 지르는 사람과 핸드폰으로 촬영하는 사람도 있었다. 나는 공포에 휩싸여 그대로 굳어 버렸다. 심장이 쿵쾅쿵쾅 뛰었다. 뒤에 있던 외제 차가 경적을 울렸다. 나는 정신을 차려 갓길에 오토바이를 세우고 보도블록 위에 주저앉았다. 식은땀이 났다. 익숙한 음악 소리가 환청처럼 들렸다. 음악 소리는 긴 시간 반복하다 끊겼다. 잠시 후 다시 음악소리가 들렸다. 또 반복하다 끊겼다. 또다시 들렸다. 그제야 환청이 아니라 핸드폰 벨 소리인 걸 알았다. 핸드폰을 꺼내서 보니 가수였다. 떨리는 손으로 통화 버튼을 눌렀다.

우리는 가시버시입니다

"오빠, 괜찮아요?"

가수가 울먹이며 물었다.

"어……."

나는 떨리는 목소리로 간신히 대답만 했다.

"다친 거 아니죠?"

"어……."

괜찮다는 걸 확인한 가수는 걱정이 커질 대로 커져서 터졌는지 오열했다. 길 건너 인파 속에서 가수를 찾았다. 사고 현장에 모인 인파에서 떨어진 곳에 가수가 핸드폰을 들고 울고 있었다. 들고 있던 장바구니를 바닥에 떨어트린 채 두 손에 얼굴을 묻고 울었다. 당장 달려가서 안아 주고 싶었는데 다리에 힘이 빠져 일어설 수가 없었다. 핸드폰에서 가수의 울음에 묻힌 말소리가 들렸다.

"고맙습니다, 고맙습니다……."

나비의 작은 날갯짓이 지구 반대편에서 태풍이 일어나게 할 수 있다. 초기의 작은 오차가 시간이 흐를수록 무한대로 발산한다. 나의 작은 행동이 큰 사고를 일으켰다. 오늘 배달하러 나오지 않았다면……. 가수에게 가기 위해 오토바이 핸들을 꺾지 않았다면……. 한복을 입은 운전자가 차에서 내리기 전에 내가 도망갔다면……. 사고는 일어나지 않았을까? 사고가 일어나기까지 있었던 일들을 영화 필름처럼 되감았다. 일어나지 않았을 사고로 누군가가 다치게 돼서 눈물이 나고 심장이 아팠다. 트럭 밑에 깔린 오토바이 운전자는 어떻게 됐을까? 구급차가 와서 다친 운전자를 태우고 사이렌을 울리며 병원을 향해 달렸다. 경찰이 와서 사고 현장을 수습하고 다시 정상적으로 교차로에서 차들이 통행했다. 나는 그때까지도 일어나지 못한 채 그대로 주저앉아 있었다. 아무 일도 없던 것처럼 사고 전으로 돌아갔지만, 나는 나아지지 않았다. 가수도 떨어진 장바구니를 다시 들고 집으로 갔다. 길 맞은편에 내가 있다고 말을 하지 못했다. 가수는 내가 이 사고와 아무 상관이 없고 안전하다고 생각한다. 그걸 깨고 싶지 않았다.

사고 이후 배달을 나가지 못했다. 가수에게는 치킨집이 문을 닫아서 일이 없다는 핑계를 대고 집에만 있었다. 가수는 함께 있어서 좋다고 했지만, 나는 돈벌이에 대한 고민으로 머리가 아팠다. 앞으로 오토바이를 운전할 수 없을 것이다. 오토바이를 몰고 차들 사이를 달릴 수 있을까? 자신이 없다. 이젠 뭘 해야 할까? 돈을 벌어야 하는데…….

우리는 가시버시입니다

즐거움

일주일 정도 나가지 않자 가수가 슬슬 눈치를 보기 시작했다. 가수는 걱정만 할 뿐 무슨 일이 있는지 물어보지 않았다. 아무래도 집에만 있으면 안 되겠다는 생각이 들었다. 나가서 일자리 정보지라도 뒤져야겠다. 외출하려고 옷을 갈아입는데 누군가 초인종을 눌렀다. 가수는 무거워진 배를 손으로 받치고 걸어가 문을 열었다. 똥파리가 장난스러운 표정으로 문 앞에 서 있었다.

"오빠, 왔어요? 추운데 빨리 들어와요."

"가수, 안녕?"

똥파리는 뭔가를 사 들고 왔다.

"선물."

가수는 똥파리가 내민 쇼핑백을 열어 보더니 의아해했다.

"오빠, 이거 내 선물 맞아요?"

"지표가 너 이거 좋아한다고 했는데……. 아냐?"

쇼핑백 안에는 캔맥주가 들어 있었다.

"지표야, 가수가 카스와 테라 좋아한다며."

"너 정말…… 미쳤냐? 임신부한테 이게 뭐냐? 내가 카스텔라 좋아한다고 했지. 언제 카스와 테라 좋아한다고 했냐?"

그제야 이해한 가수와 똥파리는 서로 마주 보고 웃어댔다.

"어쨌든 고마워요. 잘 보관했다가 나중에 마실게요."

"그리고 이건 아기 선물."

똥파리는 다른 쇼핑백을 가수에게 건넸다. 이번엔 가수가 환하게 웃으며 좋아했다.

"와, 예뻐요."

가수는 쇼핑백에서 꺼낸 아기 신발을 나에게 보여 줬다. 분홍색 아기 신발이었다. 나는 아기 신발을 한 손 위에 올렸다. 손보다 작은 신발 한 켤레가 금세 어두웠던 마음을 밝혔다. 가수는 배에 대고 "신발 좀 봐. 네 거야."라고 했다.

"오빠, 고마워요."

"고맙긴 뭘……. 나한테는 조카잖아. 큰아빠가 이 정도는 해야지."

똥파리는 능글맞게 나를 향해 웃어 보였다. 가수는 아기 신발을 전시하듯 책장에 바르게 올려놓고 눈을 떼지 못했다.

"고마워."

"고민 많이 했다. 무슨 색으로 살까 하고. 왜 아들인지 딸인지 얘기를 안 해 주냐?"

"우리도 몰라. 물어보지 않았어. 태어나면 알겠지."

"내 생각엔 딸 같아. 가수 닮은 딸. 그래서 분홍색으로 사 왔지."

"무슨 근거로 딸이래?"

"너 딸배잖아."

똥파리의 어이없는 대답에 나는 한 대 쥐어박는 척을 했지만, 가수는 재밌다며 웃었다.

"근데 아기 이름은 지었냐?"

"아직……."

"오빠가 지어 줘요."

"그럴까? 지표가 한 씨니까……."

똥파리는 고민하더니 혼자 웃었다.

"내 생각엔 부자 되라는 뜻으로 외자로 '돈' 어때?"

"돈? 너 남의 애라고 이름 그렇게 막 짓냐?"

"야, 한돈이 어때서. 돈 잘 벌 것 같은데……."

가수는 '한돈'이라는 말을 듣더니 또 한참 웃었다.

"그러면 기왕 돈 버는 거, '재벌'은 어때?"

"이게 정말……."

"야, 조카가 재벌 되면 나도 그 덕 좀 보자."

가수는 배가 아프다면서도 계속 웃었다. 배 속에서 아기도 웃고 있는 모양이다.

웃고 떠들면서 아기의 이름을 짓지 못했다. 똥파리는 이름을 짓기 전까지 '한재벌'로 부르겠다고 선언했다. 나는 적당히 하라고 잔소리했지만, 자꾸 부르니 입에 붙었다. 아기가 남자라면 그 이름을 고려해 봐야겠다.

똥파리는 내가 외출복 차림인 걸 눈치챘는지 나가자고 했다. 밖으로 나와 우리는 목적지 없이 걸었다. 말없이 오 분 정도 걷자 똥파리가 날 쳐다봤다.

"선배한테 들었어. 배달 그만뒀다며?"

"응. 그렇게 됐어?"

"왜 그만뒀어? 다른 일 하려고?"

나로 인해 발생한 사고 얘기를 해 줬다.

"사고 났다는 얘기를 듣긴 했는데 거기 네가 있었구나."

"무서워. 이젠 오토바이 못 타겠어. 그때 내가 다쳤다면……. 그래서 가수가 모든 걸 감당해야 할 상황을 생각하면 끔찍하고 두려워. 가수가 혼자 아기 낳고, 병간호도 해야 하고……. 무엇보다 병원비와 생활비를 마련하려고 애쓸 생각 하면……."

"네가 안 다쳤으면 됐어."

"배달하다 다친 적이 있어. 내가 병원 안 간다고 했더니 가수가 그랬어. 내 몸은 나만의 것이 아니라고. 내 몸을 지키는 게 가수와 아기를 지키는 거래."

"멋지네. 그러니까 너 진짜 아빠 같다."

"어린 네가 뭘 알겠냐?"

"나는 철드는 게 싫어. 평생 철없이 살 거야. 난 어른이 되지 않을 거야."

"네 맘대로 안 될걸?"

우리는 가시버시입니다

"그래서⋯⋯ 다른 일 찾았냐?"

"아직. 안 그래도 오늘부터 찾아보려고 외출 준비했던 거야."

똥파리는 갑자기 날 이끌고 지나치던 분식집으로 들어갔다. 빈자리에 앉더니 내게 묻지도 않고 떡볶이, 순대, 어묵, 튀김을 주문했다. 똥파리는 나무젓가락을 쪼개면서 나에게 사라고 했다.

"내가? 네가 데리고 와서 주문했으면 네가 사야지."

"네가 사야 해."

"그건 무슨 억지냐?"

"내 얘기 들으면 네가 살 수밖에 없을걸."

똥파리는 궁금해하는 나를 무시한 채 나온 음식을 먹기 시작했다. 배고팠는지 쩝쩝 소리 내며 걸신들린 듯 먹었다. 그렇게 한동안 먹고 배가 찼는지 어묵 국물을 그릇째 들이켰다.

"아, 잘 먹었다."

"밥도 못 먹고 다니냐?"

"편의점 일이 그래. 밥 먹을 시간도 없다니까."

"넌 바빠서 좋겠다. 그러면 이거 네가 사야 하는 거 아냐? 난 백수잖아."

"배도 부르니 이제 말할게. 잘 들어 봐."

나는 무슨 얘기인지 궁금해하면서 똥파리가 먹고 남긴 음식을 먹었다. 똥파리는 등을 의자에 기댄 채 팔짱을 꼈다.

"요즘 우리 아빠가 편의점을 새로 오픈한 거 알지?"

"몰라."

"아, 몰랐어? 내가 말 안 했나?"

"응."

"어쨌든. 아빠가 새 편의점 일로 바빠서 기존 편의점엔 신경을 못 쓰거든. 그래서 아빠한테 기존 편의점을 나한테 맡기라고 했지. 내가 책임지고 운영하겠다고."

'네가 운영하면 망한다'라고 말하려다 입안 가득한 음식 때문에 말을 못 했다. 배고프지 않았는데 먹다 보니 맛있어서 계속 먹게 됐다.

"그랬더니 아빠가 말도 안 되는 소리 하지 말래."

나는 당연하다는 듯이 고개를 끄덕였다.

"날 믿고 맡기라고 계속 얘기했더니 아빠가 결국 제안했어. 그게 뭔지 알아?"

똥파리는 내 대답을 기다리는지 그냥 쳐다보기만 했다. 어묵 국물로 입안 음식을 간신히 넘기고 짜증을 냈다.

"내가 어떻게 알아. 그냥 말해! 먹는데 말 걸지 말고."

똥파리는 애초에 내 대답에 관심도 없었다. 그냥 시간을 끌어 호기심을 높이려는 수작이었다.

"아빠가…… 너랑 하면 허락하겠대."

씹고 있던 순대를 뱉어낼 뻔했다. 나랑?

"아빠가 나는 못 믿어도 너는 믿을 수 있대. 이게 말이 되냐? 아들은 못 믿고, 친구는 믿는 게."

"정말이야?"

"응. 왜 나는 안 되고, 지표는 되냐고 따졌더니 그러더라. 나는 아직 애고, 너는 어른이라고. 애냐 어른이냐는 나이와 상관없대. 책임감의 문제래."

손힘이 빠져서 쥐고 있던 나무젓가락을 탁자 위에 떨어트렸다. 내게도 이런 행운이 생기는구나. 아기가 내게 주는 선물 같았다.

"타이밍 죽이지 않냐? 네가 배달 그만두니까 딱 맞춰서 편의점 일이 생기잖아. 어때, 네가 사야겠지?"

나는 일어나서 똥파리를 껴안았다. 똥파리는 징그럽다며 밀어냈지만, 나는 힘을 줘서 더 꼭 껴안았다. 분식집 안에 있는 손님들과 주인아주머니가 의아해하며 쳐다봤다. 너무 기뻐서 눈물이 나오려고 했지만 참았다. 내가 계산하는 동안 똥파리는 떡볶이와 순대를 포장해 달라고 주문했다. 그러더니 포장된 음식값을 계산했다.

"이거 가수 갖다줘. 이 오빠가 사 준 거라고 꼭 말해. 카스텔라는 다음에 사 준다고 전해 줘."

"짜식, 평생 철 안 들겠다더니……."

똥파리와 나는 편의점에 시간과 노력을 쏟아부었다. 똥파리는 아빠의 기대를 저버리지 않기 위해 부지런히 일했고, 나도 주어진 행운을 놓치지 않기 위해 최선을 다했다. 바쁠 때는 가수도 무거운 몸으로 계산대에서 일을 도왔다. 많지 않아도 일정한 액수의 월급을 받으니 생활이 안정됐다. 편의점 수익이 늘면 똥파리 아빠는 그만큼 보너스를 줬다. 가수는 곧 태어날 아기의 미래를 위해서 소액이지만 적금을 들었다. 이래서 사람들이 안정된 직장을 꿈꾸는 걸까?

생활의 안정과 함께 겨울의 추위도 끝났다. 어느 순간 편의점 안으로 들어오는 햇빛이 포근해졌다. 온풍기를 끄고 문을 활짝 열어 환기를 시켜도 춥지 않았다. 시나브로 회색의 가로수에서 희미한 연두색이 뿜어져 나왔다. 무거운 배를 힘겨워하면서 걷던 가수는 멈춰서 아래쪽을 봤다. 보도블록 틈에 작고 노란 들꽃이 피어 있었다. 가수는 예쁘다며 한참 들여다봤다. 가수가 넘어질까 봐 걱정돼서 팔을 잡았다.

"오빠, 봄이에요."

"그러네. 이 틈에서 어떻게 폈을까?"

"신기해요. 생명은 위대한 것 같아요."

"너는 그런 위대한 생명을 품고 있잖아."

"아기도 곧 나오겠죠?"

"궁금해. 아들인지 딸인지. 그리고 어떻게 생겼을지."

"아기가 이 꽃처럼 힘든 환경에서도 잘 자라 줘서 고마워요. 그리고 그럴 수 있도록 노력해 준 오빠도 고마워요."

벚꽃이 팝콘처럼 터져서 눈부시게 피고, 개나리가 긴 가지 따라 샛노랗게 퍼져 나가는 4월이 됐다. 봄기운에 취한 사람들이 집에 있지 못하고 쏟아져 나왔다. 오가는 사람이 많아지면서 편의점도 바빠졌다. 똥파리와 나는 거의 온종일 편의점에 매달렸다. 똥파리 아빠는 새 편의점을 오픈해서 바쁜 중에도 틈틈이 들렀다.

"오셨어요?"

"바쁘지? 아들놈은 어디 갔어?"

"제가 잠 좀 자고 오라고 집에 보냈어요."

"너도 너무 무리하지 마. 산달 다가오는데, 아내한테 신경도 쓰고."

"네."

"아기 이름은 지었니?"

"아뇨. 아직……. 아저씨가 지어 주세요."

"내가 그럴 자격이 있나?"

"이미 가수랑 얘기 나눴어요. 아저씨께 부탁드리기로. 제 주변에 존경하는 어른은 아저씨밖에 없어요."

"존경까지는……. 그러면 태몽은 뭐냐?"

"가수가 꿈을 꿨대요. 산속 깊이 들어가 혼자 걷고 있는데 햇빛이 한곳을 비추고 있었대요. 그곳으로 갔더니 알 수 없는 열매가 활짝 벌어진 채로 나뭇가지 끝에 매달려 있었대요. 탐스럽고 잘 익은 열매를 따서 한입 물었더니 여태껏 맛보지 못한 달콤함이 입안 가득 퍼졌대요. 혼자 먹기 아까워서 열매를 손에 쥐고, 산에서 내려오다가 잠이 깼다고 하더라고요."

"왠지 딸 같은데? 네가 부탁하니 아내랑 의논해 볼게."

"고맙습니다."

아저씨는 뜸을 들이기 위해 편의점 내부를 훑어보고 조심스럽게 말을 꺼냈다.

"어제 뉴스에서 출생신고도 안 된 영아 시신이 냉장고에서 발견됐다고 하더라. 도대체 세상이 어찌 돼 가는 건지. 그러고 보면 부모가 자식을 낳고, 길러 주는 게 당연한 건 아니야. 갖고 싶은 거, 먹고 싶은 거 사 주지 않아도 낳아 주고 키워 준 것만으로도 감사해야 하는 거지. 아빠가 되는 넌 내 말을 이해할 수 있을 거다. 지표야, 그동안 힘들었을 텐데 지금까지 책임감 있게 잘 버텼다. 그래서 너를 어른으로 인정한 단다."

"고맙습니다."

"그리고……."

"네?"

"부모님을 너무 미워 말아라. 자식을 키우다 보면 저절로 이해하게 될 거다."

아직 아저씨의 말을 이해할 수 없다. 재혼한 엄마, 날 방치한 아빠는 최선을 다한 걸까? 아저씨의 말대로 내가 이 정도 성장한 것만으로 감사한 일인지도 모르겠다. 나는 똥파리 아빠가 보통 아빠라고 생각했다. 그래서 아빠가 미웠다. 남들 아빠처럼 해 주지 않아 원망스러웠다. 어쩌면 아빠가 보통 아빠일 수 있다. 아빠의 희생을 당연하게 여기고, 영원하길 바란 내 희망이 헛된 것이다. 아빠에게는 그럴 의무가 없고, 나에게 그런 권리가 없다. 하지만 나는…… 아빠처럼 살지 않을 것이다.

계산대 위에서 핸드폰 진동이 울렸다. 가수였다. 아저씨는 빨리 받으라는 손짓을 하더니 방해되지 않게 편의점 창고 안으로 들어갔다. 핸드폰 통화 버튼을 눌렀다.

"오빠……."

가수는 더는 말을 하지 못하고 끙끙거렸다.

"왜 그래? 어디 아파?"

우리는 가시버시입니다

소리를 지르자 아저씨가 창고에서 나와 날 바라봤다.

"나오려······."

"뭐라고? 나오려?"

아저씨는 어느새 내 옆에 서 있었다.

"지표야, 아기 나오려고 통증 오나 봐. 어서 가서 병원에 데려가. 빨리."

아저씨의 말을 듣자마자 바로 집으로 뛰어갔다. 가수야, 내가 갈게. 조금만 참아.

집에 도착하니 가수는 진통 속에서도 짐을 싸고 있었다. 핸드폰으로 응급차를 부르려는데 가수가 말렸다. 그 정도 응급 상황은 아니라며 택시를 타자고 했다. 집 앞에 도착한 택시의 기사는 백발의 할아버지 였다. 우리는 뒷좌석에 나란히 앉았다. 택시가 달리는 동안 진통은 십 분 간격으로 왔고, 그럴 때마다 가수는 힘을 줘서 내 손을 꽉 잡았다. 할아버지는 거울을 통해 가수의 상태를 반복적으로 살폈다. 덩달아 마음이 급해졌는지 정지신호가 걸리자 핸들을 꽉 잡고 초조해했다. 늘어 난 차들로 도로가 정체되자 할아버지는 비상 깜빡이를 켜고 창문을 열 었다. 팔을 창밖으로 내밀어 양보해 달라고 수신호를 보내며 능숙하 게 도로를 달렸다. 산부인과 병원에 무사히 도착해서 가수는 할아버지 에게 감사하다고 인사하며 내리고, 나는 계산하려고 했다. 할아버지는 "건강하게 출산하세요."라고 말하더니 돈을 받지 않겠다고 했다.

"옛날에는 이런 일이 자주 있었는데······. 급하게 산모를 태우고 병원 에 온 게 참 오랜만이에요. 저출생 극복에 내가 이바지한 것 같아서 기분이 좋네. 어서 들어가요.”

“감사합니다.”

문을 닫자 택시는 천천히 출발했다.

간호사는 우리를 분만 대기실로 안내했다. 가수는 침상에 누워 점점 빠르게 오는 진통과 싸웠다. 그때마다 내 손을 잡고 힘을 주며 참았다. 진통이 심해지자 손만으로는 안 되겠는지 내 목을 두 팔로 감았다. 숨이 막혔지만, 더 큰 고통을 느끼고 있는 가수를 위해서 참았다. 간호사는 수시로 오가며 상태를 살폈다. 가수는 관장하고, 무통 주사를 맞았다. 그렇게 다섯 시간이 지났을 즘 간호사는 양수가 터졌고, 아기의 머리가 보인다고 하더니 분만실로 우리를 이동시켰다.

분만실로 들어가자 천장 조명 아래 놓인 분만대가 보였다. 두 다리를 올려놓게 생긴 의자인지 침대인지 모를 모양이었다. 그 주변으로 수술용 도구와 약품들이 정돈되어 있었다. 가수는 계속되는 진통으로 아파했고, 분만실에서 나는 아무것도 아닌 존재로 두렵고 무서워 멍하니 서 있었다. 야릇한 피비린내가 났다. 나도 분만실로 들어오게 될 줄 몰랐다. 아기를 낳는 사람은 가수인데, 분만실 분위기에 압도되어 긴장한 건 나였다. 간호사는 내게 아내의 손을 잡아 주라고 했다. 그제야 정신을 차리고 가수의 손을 두 손으로 잡았다. 가수의 손은 차갑고 창백한데 땀으로 축축했다.

의사가 들어와 가수의 다리 사이에 앉았다. 의사는 지쳐 가는 가수를 향해 소리쳤다.

　　　　　　　　　우리는 가시버시입니다

"호흡하세요. 힘! 힘 빼면 안 돼!"

상황이 다급한지 의사는 반말로 외쳤다. 가수는 마지막 남은 힘을 주며 의사가 시키는 대로 했다. 분만실에 있는 가수, 의사, 간호사가 긴박하게 움직였지만 나는 아무것도 할 수 없었다. 오로지 손을 잡고 가수를 바라볼 뿐이었다. 이러다 기절하면 어쩌지? 가수는 이미 지칠 대로 지쳐 있었고 얼굴은 땀과 눈물로 뒤덮였다. 고통을 참으며 신음하는 가수, 아기를 건강하게 태어나게 하려고 집중하는 의사, 분주하게 산모를 살피고, 의사를 돕고, 곧 태어날 아기를 맞이하려고 준비하는 간호사들. 그들 속에서 구경꾼이 된 나는 죄책감이 들었다. 내가 태어나면서 지금까지 저지른 모든 잘못에 대한 죗값을 가수가 대신 처벌받는 걸까? 차라리 내가 아플 수 있다면. 가늠할 수도 없는 고통 속에서 생명을 탄생시키는 가수가 위대해 보였다. 힘내, 가수야. 그리고 미안해. 가수의 얼굴만 바라보며 가슴 졸이고 있는데, 의사와 간호사의 표정이 밝아졌다. 주름지고 빨간 아기가 의사의 두 손 위에 있었다. 간호사는 내게 의료용 가위를 주며 탯줄을 자르라고 했다. 손이 떨렸다. 가수와 아기가 연결된 탯줄. 이것을 자르면 아기는 한 생명으로서 독립할 것이다. 탯줄은 한 번에 잘리지 않았다. 두 번의 가위질을 해야 자를 수 있었다. 아기가 태어나면서 가수와 나는 엄마 아빠가 됐다. 이 순간부터 가수와 지표가 아닌 아기의 엄마와 아빠로 존재하고 불려질 것이다. 똥파리 아빠의 말대로 어른이 됐다.

간호사가 아기 입과 기도 속 이물질을 제거하자 울음소리가 분만실에 울려 퍼졌다. 눈물이 나왔다. 분만실이 아니었다면 주저앉았을 것이다. 간호사가 내게 아기를 들고 와서 보여 줬다.

"딸입니다."

간호사는 아기의 이목구비, 손발, 항문을 보여 주며 건강 상태를 확인시켰다. 나는 흐르는 눈물 때문에 확인할 수 없어 그저 "네."만 반복해서 말했다. 간호사는 가수의 품에 아기를 안겼다. 아기는 엄마의 젖꼭지를 본능적으로 찾아 물었다. 가수는 환하게 웃었다. 나는 땀에 젖어 흘러내린 가수의 머리카락을 쓸어 올렸다. 가수의 얼굴은 엉망이었다. 얼마나 힘을 줬는지 실핏줄이 터져 얼굴 위에 빨간 선을 그었다. 깨진 유리에 생긴 금 같았다. 가수는 자기 몸을 깨트려 아기가 나오게 했다. 이래서 엄마는 위대하구나. 엄마가 생각났다. 엄마도 이렇게 날 낳았겠지? 마지막으로 봤던 엄마의 뒷모습이 떠올랐다. 자기의 몸을 깨트려 낳은 나를 어떻게 떠날 수 있었을까? 이 고통과 기쁨은 삶의 고달픔에 비하면 약소한 걸까?

아기는 잠만 잤다. 부어오른 눈꺼풀을 지그시 감은 채 미동도 하지 않았다. 엄마만큼 힘들게 이 세상으로 나온 아기는 무슨 꿈을 꾸고 있을까? 신기했다. 엄마 뱃속에서 머리카락도 자라고, 손톱 발톱도 자랐다니. 우리가 '엡실론'이라고 부르던 태아가 눈앞에 있는 게 실감 나지 않았다. 이젠 아기에게 평생 따라다닐 이름이 필요하다. 아기 이름을 짓지 못하고 고민하는 내게 가수는 똥파리 아빠에게 부탁하자고 했다. 그래도 될까 했지만, 가수는 아저씨도 기뻐하실 것이라고 했다. 정말 그랬다. 아랫사람의 부탁을 무시하는 어른도 있지만 도움을 주려고 애

우리는 가시버시입니다

쓰는 어른도 있다. 진정한 어른이란 똥파리 아빠와 같은 사람이 아닐까? 그런 어른이 우리 아기의 이름을 지어 준다면 감사한 일이다. 신생아실에서 고단하게 자는 아기 머리맡에는 이름표가 걸려 있었다.

'왕가수 님 아기(우), 3.6kg'

신생아실 창을 통해 아기를 보고 있는데, 똥파리에게서 문자가 왔다. 딸이 태어났다고 문자를 보냈는데, 편의점 일로 바빴는지 한참 지나서 답장이 연속으로 왔다.

'좋냐?'

'축하해. 거 봐, 딸이지. 내가 맞혔네. ㅋㅋ'

'가수에게도 축하한다고 전해 줘.'

'재벌에게도 환영한다고 전해 주고. ㅋㅋ'

'형님은 혼자 죽어라 일하느라 바빠서 이만.'

옆에서 문자를 같이 보던 가수는 똥파리를 걱정했다. 똥파리는 혼자 잠도 못 자고, 밥도 못 먹은 채 일하고 있을 것이다.

"혼자 있어도 괜찮겠어?"

"괜찮아요. 나도 피곤해서 자꾸 졸려요. 자야겠어요. 그리고 혼자가 아니잖아요."

"그러면 잠드는 거 보고 갈게."

가수는 침대 위에 눕자마자 바로 잠들었다. 가볍게 코를 골았다. 잡고 있던 손을 이불 안으로 넣은 후 편의점으로 갔다.

편의점 일을 마치고 집에 가서 씻고 옷을 갈아입었다. 가수가 부탁한 물건을 챙겨 병원으로 갔다. 병실로 들어가니 가수가 아기를 안고 모유 수유하고 있었다. 아기는 꼬물꼬물 입을 움직이며 엄마의 젖을 빨았다. 신비롭고 아름다웠다. 아기를 사랑스럽게 바라보며 젖을 물린 가수와 두 눈을 감은 채 엄마 품에 안겨 젖을 빠는 아기의 모습에 감동이 밀려왔다. 나의 아기, 나의 아내다. 이 두 사람만 있으면 세상의 어떤 시련도 버텨낼 수 있다. 가수는 수유를 마치더니 내게 아기를 건넸다.

"내가 안아도 돼?"

"아빠잖아요."

조심스레 두 팔에 아기를 안았다. 가수에게 아기를 건네받는 순간 움찔했다. 아기가 너무 가벼웠다. 온몸에 힘을 줘서 그런지 아기를 안는 순간 내 몸이 위로 붕 뜨는 것 같았다. 아기에게서 달보드레한 냄새가 났다. 엄마의 젖을 놔서 아쉬운지 입을 꼬물댔다. 어쩌지 못해 다시 가수에게 아기를 건넸다.

신생아실에 아기를 맡기고 병실로 돌아왔다.

"피곤하죠?"

"아니. 손님이 별로 없어서 괜찮았어."

"오빠……."

가수는 날 부르더니 잠깐 망설였다.

"병원비는 어쩌죠?"

"걱정하지 마. 내가 해결할게. 넌 신경 쓰지 말고, 몸조리나 잘해."

"그래도…… 모레면 퇴원해야 하는데……."

"돈 있어."

가수는 더 말하지 않았다. 돈이 없다는 걸 알기 때문이다. 가지고 있는 돈을 다 합쳐도 병원비 내기에 부족할 것이다. 가수가 말하기 전부터 나도 고민 중이었다.

병원비를 걱정만 할 뿐 해결하지 못한 채 시간이 흘렀다. 누군가에게 빌려서라도 내야 했다. 병원비가 얼마인지 알아보기 위해 수납 창구에 문의했다. 창구 안쪽에 앉은 직원은 컴퓨터 모니터를 확인하더니 고개를 갸웃했다.

"어? 수납됐는데요."

"네? 그럴 리가요. 저는 안 했는데요."

"오늘 오전에 수납됐어요."

오늘 오전이면 내가 편의점에서 일할 때다. 누굴까? 똥파리는 나랑 함께 일하고 있었다. 혹시? 가수에게 물어보려고 뒤돌아서는데 직원이 불렀다.

"잠깐만요. 그리고 산후조리원도 예약하셨어요. 그것도 이미 수납하셨고요."

"산후조리원을요?"

병원비에 산후조리원까지. 그 비용이 상당할 텐데 누가 돈을 냈을까?

"혹시…… 부모님께 연락했어?"

"아뇨. 안 했어요. 하고 싶었는데 망설이다가 결국 못 했어요."

"그래……. 그러면 누구지?"

"오빠, 혹시 아저씨?"

가수 부모가 아니라면 똥파리 아빠가 유력했다. 바로 아저씨에게 전화했다. 신호가 가자 아저씨는 기다렸다는 듯이 바로 받았다.

"와, 축하해. 딸이라며? 지표야, 수고했다. 아, 애 아빠 됐으니 이젠 이름 부르면 안 되겠네. 애 엄마에게도 축하하고 수고했다고 전해 줘."

아저씨는 내가 말을 꺼내기도 전에 축하 인사를 했다.

"고맙습니다. 그런데……."

"아, 참. 이름 정했다."

"정말요? 뭔데요?"

"태몽을 아내에게 얘기해 줬더니 딱 맞는 이름이 있다고 하더라."

"아주머니께서 지어주셨어요?"

"응. 너도 맘에 들 거야. 순우리말이거든."

"와, 저도 그러고 싶었어요. 잘됐네요. 뭔데요?"

"아람."

"예뻐요. 한아람."

"햇살 받아서 충분히 익은 과실을 아람이라고 하거든."

"좋아요. 고맙습니다."

옆에서 딸의 이름을 전해 들은 가수는 입에 붙게 하려는 듯 '아람'을 계속 발음했다. 그러더니 만족했는지 나에게 엄지척했다.

"아저씨, 가수도 맘에 든대요."

고맙다고 인사하며 통화를 끊으려 하자 가수가 나를 툭 쳤다. 아, 맞다.

"아저씨, 혹시…… 병원비 내 주셨어요?"

"아, 그거. 내가 내긴 했지만, 내가 낸 건 아냐?"

"네?"

무슨 말일까? 도대체 아저씨의 말을 이해할 수 없었다. 아저씨가 냈다는 건지 안 냈다는 건지. 아저씨는 길게 호흡했다.

"지표야, 아니 아람 아빠. 내 말 잘 들어."

"네."

"지난번에 내가 부모님 미워하지 말라고 했던 말 기억해? 사실 병원비랑 산후조리원비, 네 아빠가 준 거야."

손에서 힘이 빠지면서 핸드폰을 떨어뜨릴 뻔했다. 도저히 서 있을 수 없어 침대 옆에 놓인 의자에 앉았다. 가수는 그런 나를 걱정스러운 눈빛으로 봤다. 그리고 통화가 끝날 때까지 혼자 두려는 듯 병실 밖으로 나갔다.

"그게 아마 지난겨울이었을 거야. 네 아빠가 갑자기 와서 아람 엄마가 놀라서 기절했잖아. 그날 밤 네 아빠가 편의점에 왔었다. 소주 한 병을 사면서 내게 부탁이 있다고 하더라. 뭐냐고 했더니 봉투를 주더라고. 봉투 속엔 만 원짜리와 오만 원짜리 지폐가 섞여 있었어. 이걸 왜 주냐고 했더니 가지고 있다 네가 필요할 때 써 달라고 하더라. 너에게 해 줄 수 있는 마지막이라고. 아빠는 그날 아람 엄마 배를 보고 알았던 거 같아. 곧 큰돈이 필요할 거란 걸. 그 돈, 네 거야. 그러니 내게 감사할 필요 없어."

눈물이 나왔다. 아저씨는 말없이 우는 소리를 들었다. 그동안 아빠를 원망했다. 아빠는 추위로 떨고 있는 내게 "나도 내 인생 살 테니, 너도 네 인생 살아라."는 말을 남기고 떠났다. 버려진 담배꽁초처럼 나도 버려졌다고 생각했는데……. 가수가 들어와 울고 있는 나를 안았다.

우리는 혼인 신고를 못 했다. 둘 다 미성년이기 때문에 부모 동의가 필요했다. 그래서 가수가 만 19세가 되는 날 혼인 신고하기로 했다. 다행히 출생 신고는 가능했다. 혼인 외의 출생자로. 문제는 엄마만 신청 가능하다는 것이다. 가수가 직접 신고하러 가야 했다. 왜 아빠는 신청할 수 없는 걸까? 차별받는 느낌이 들었다.

가수는 한 달 이내에 신고하지 않으면 과태료가 부과된다는 말에 서둘렀다. 우리는 병원에서 발급해 준 출생증명서를 가지고 주민센터로 갔다. 신고를 마치고 가족 관계 증명서를 발급했다. 한아람 이름 옆에 출생 연월일, 주민 등록 번호, 성별, 본이 적혀 있었다. 그리고 아래쪽 가족 사항에 부 한지표, 모 왕가수가 있었다. 이 종이 한 장이 아람을 지켜 줄 것이다. 아람이가 건강하게 자랄 수 있도록 예방 접종도 받을 수 있고, 학교도 갈 수 있다. 똥파리 아빠는 출생 신고되지 않은 채 버려지는 아기가 있다고 했다. 검색한 뉴스 기사에는 출생 신고하고 싶어도 못 하는 미혼부가 많다고 했다. 태어날 때부터 불공평한 상황에 놓이는 아기들. 그런 아기들은 사회 전체에 비하면 소수다. 그래서 쉽게 무시되고 잊힌다. 가수는 가족 관계 증명서를 한참 보며 미소 지었다. 그 모습을 보며 머릿속에 많은 생각이 들었다. 이렇게 가수와 나는

우리는 가시버시입니다

법적으로도 엄마 아빠가 됐다.

산후조리를 마치고 집으로 오자 짐이 확 늘었다. 둘에서 셋이 되자 집이 좁게 느껴졌다. 여기저기 아기용품이 자리를 차지했다. 집 구석구석 빈 곳 없이 빼곡히 물건들이 들어섰다. 치울 시간도 없이 쌓이기만 해서 복잡했다. 물건이 쌓이는 속도보다 빠르게 아람은 살이 올랐다. 모유 수유를 못 해 분유를 먹이면서부터 눈에 띄게 커갔다.

힘은 들었지만, 아람 덕분에 웃음이 끊이지 않았다. 아람은 시간의 속도를 느낄 수 없을 정도로 성장했다. 늘어나는 아람의 재주만큼 행복이 커졌다. 옹알이했고, 목을 가누면서 안기가 편해졌다. 예방 접종 주사를 맞을 때는 엄마 품에서 웃고 있다 뒤늦게 우는 모습이 귀여웠다. 아람은 웃으며 엄마 아빠가 내는 소리를 향해 고개를 돌렸다. 가수와 난 서로 경쟁하듯 아람의 관심을 끌려고 애썼다. 엎드려 놓으면 조금씩 기었다. 손힘이 생기면서 손에 잡히는 걸 입에 넣었다. 그래서 주변에 위험한 물건이 없도록 계속 신경을 썼다.

에어컨 없이 힘겨운 여름을 보내고 나니 막새바람이 가을을 알렸다. 아람이 태어난 지 육 개월쯤 지났을 때였다. 편의점 일을 마치고 집에 들어서자마자 가수가 환호성을 질렀다.

"아람이가 뒤집었어요."

아람은 엎드려서 담요 위에서 허우적거리고 있었다. 가수는 증명하려는 듯 아람을 눕혔다. 그러자 아람이가 엎드리기 위해 한쪽으로 뒤척이며 애썼다. 가수와 나는 "그렇지. 잘한다."를 외치며 응원했다. 아람은 몇 번을 뒤척이다 반동과 힘을 이용해 몸을 뒤집었다. "와!" 하고 소리치자 아람은 배로 중심을 잡고 내 쪽으로 몸을 회전시켰다. 나는 아람을 다시 눕혔다. 그러자 전보다 빨리 몸을 뒤집었다. 가수는 아기가 힘들어하니 그만하라고 잔소리했지만, 나는 계속했다. 결국 지쳤는지 아람은 뒤집기를 멈추고 잠이 들었다. 나도 그 옆에 누워 새근새근 잠든 모습을 바라봤다.

"쓰레기 좀 버려 줘요."

설거지하던 가수가 부탁했다. 쓰레기 종량제 봉투를 꾹꾹 눌러서 묶었다. 기저귀가 가득 들어 무거웠다. 쓰레기 수거 장소에 봉투를 내려 놨다. 가로등 불빛에 뭔가가 눈에 띄었다. 봉투 안에 기저귀가 아닌 휴지 뭉치가 보였다. 그냥 휴지 뭉치였다면 이상하지 않았을 텐데 붉게 물들어 있었다.

다음 날 편의점 계산대에서 졸고 있었다. 밤낮으로 아람은 배고프다며, 불편하다며 울어댔다. 가수와 나는 교대로 기저귀를 갈고, 분유를 먹이고, 함께 목욕을 시켰다. 그래서 잠이 부족했다.

"야, 이거 마셔라."

똥파리는 졸고 있는 내게 피로 회복제를 내밀었다. 간신히 눈을 뜨고 한숨에 들이켰다. 효과가 있는지 모르겠지만, 차가운 액체가 미끄러져 들어가자 정신이 들었다.

"힘들지? 그래서 난 결혼 안 하고 연애만 하려고."

우리는 가시버시입니다

"바보. 나도 결혼 안 하고 연애만 했는데 애 낳았잖아."

"그러네. 그러면 연애도 하지 말아야 하나? 재벌이는 잘 크고 있지?"

"야, 아람이야. 그것도 네 엄마가 지어 준⋯⋯."

"재벌이는 호야. 내가 지어 준⋯⋯. 재벌 한아람, 근사하잖아."

"네 맘대로 해라. 그런데 아기용품은 왜 그리 비싸지? 분유도 비싸고, 옷도 작은데 비싸고, 기저귀도 비싸. 조그만 애를 키우는 데 그렇게 돈이 많이 드는 줄 몰랐어."

"귀해서 그렇지. 보석도 작은데 비싸잖아. 제수씨도 잘 있지? 집에 아기가 있으니까 이젠 놀러 가지도 못하겠어."

"아람 엄마도 항상 피곤한 상태야. 그래도 행복하대."

"행복하면 됐지. 그만 졸고 들어가. 내가 있을게."

"응. 그런데⋯⋯."

이상하게 어제 본 휴지 뭉치가 계속 머릿속에 남아 궁금증을 일으켰다. 아무리 생각해도 흘린 음식을 닦은 게 아닌 것 같았다. 붉은색이 휴지에 묻었다기보다 스며 있었다. 피 같기도 했지만, 아무도 다친 사람이 없었다.

"어제 내가 쓰레기봉투 안에서 이상한 걸 봤어."

"뭔데?"

"기저귀 틈에 휴지 뭉치가 있더라고. 그런데 붉은 게 스며 있는 거야. 처음엔 흘린 음식을 닦은 것 같아서 가수에게 물어보지 않았는데, 생각할수록 아닌 것 같단 말이야."

똥파리는 곰곰이 생각하더니 놀란 표정을 지었다.

"설마……."

"뭐? 뭔데……."

"내 생각엔…… 말해도 되나?"

"야, 시간 끌지 말고 말해 봐."

"제수씨 생리하는 거 아닐까?"

생리? 왜 그 생각을 못 했을까? 그러고 보니 가수가 며칠 전 자면서 끙끙거렸다. 어디가 아픈 듯 잠을 못 이루고 뒤척였다. 나는 괜찮냐고 묻지도 않고 잠이 들었다. 그게 생리통이었구나. 가수는 분유와 기저귀를 사기 위해 생리대 살 돈도 아꼈구나. 아, 내가 이렇게 무심했다니. 아람이 크는 것에만 정신이 팔려서 가수를 신경 쓰지 않은 게 미안했다. 나는 위생용품 진열대로 가서 생리대를 집어와 계산대에 올렸다. 바코드를 찍으려 하자 똥파리가 말렸다.

"그냥 가져가."

나 자신이 부끄러워서 말을 못 하고 고개만 끄덕였다.

생리대를 들고 집으로 가는 발걸음이 무거웠다. 답답한 마음에 하늘을 보니 보름달이 떠 있었다. 달 위로 가수의 얼굴이 겹쳤다. 가수 엄마는 설득하기 위해 매일 찾아오는 나를 붙잡고 말했었다. 가수는 태어날 때 보름달의 살을 가득 받았다고. 가수는 달의 주기에 맞춘 생리로 엄마의 말을 내게 증명해 보이는 걸까? 자주 하늘을 보고, 달의 모양을 살피고, 가수를 보살펴야겠다.

가을이 되자 사람들이 여유 있어 보였다. 가수와 나도 능숙하게 아람을 돌봤다. 자다 일어나서 반쯤 눈을 감고도 온도를 적당히 맞추어 분유를 탔다. 아람이 울기도 전에 기저귀를 갈 수 있게 됐다. 땀띠 나지 말라고 엉덩이에 파우더를 톡톡 바르다 방귀를 뀌어서 입으로 들어가도 당황하지 않았다. 목욕도 혼자 시킬 수 있었다. 엄마 아빠만큼 아기도 적응하는 걸까? 아람은 필요에 따라 스스로 자세를 잡았다.

곡식이 익어 추수를 앞둔 시점에 아람은 몸무게가 8킬로그램 정도 됐다. 무거워진 아람을 안고 외출하는 일이 힘들어졌다. 가수는 며칠 동안 중고 거래 앱을 검색하더니 유모차를 얻어왔다. 언뜻 봐도 낡았다.

"애들이 다 커서 필요 없다고 그냥 주셨어요. 그분도 무료 나눔으로 받으셨대요. 아직 쓸 만해요."

가수는 유모차를 살피는 내게 열심히 설명했다.

"오늘 날씨도 좋은데 유모차 생긴 기념으로 산책할까?"

나는 구석구석 닦고, 가수는 유모차에 담요를 깔았다. 아람을 앉히니 신나서 엉덩이를 들썩였다.

개천 산책로는 포장이 잘돼서 유모차를 끌고 다니기 편했다. 가수는 갈대밭에 멈추더니 주머니에서 쌀을 꺼내 뿌려 줬다. 유모차 손잡이를 잡고 있던 나는 아람 옆으로 가서 눈높이를 맞췄다. 아람은 멀어지는 엄마가 걱정됐는지 팔을 뻗어 엄마가 있는 쪽을 가리켰다.

"엄마는 보살피는 게 많아. 참새들 먹이도 주고, 아람 분유도 주고, 아빠 밥도 주고……."

아람이 웃었다. 가수가 "아람아……." 하고 부르며 뛰어왔다. 우리는 다시 걸었다.

손잡이를 잡고 걷고 있는데, 유모차가 덜컹했다. 가수와 이런저런 얘기를 하다 앞에 놓인 돌을 못 보고 밟았다. 다행히 손잡이를 꼭 잡고 있어서 유모차가 옆으로 쓰러지지 않았다. 하지만 아람이 놀랐는지 울기 시작했다. 가수는 얼른 앞으로 가서 아람을 들쳐 안았다. 어? 바퀴가……. 돌을 밟은 바퀴가 빠져서 굴러가더니 개천에 빠졌다. 나는 바퀴를 잡으려고 뛰어가다 풀에 미끄러져 발이 물에 빠졌다. 간신히 중심을 잡고 일어서니 바퀴는 이미 물 위에 떠서 멀리 떠내려가고 있었다. 물 밖으로 나와서 걷는데 무릎 아래까지 흠뻑 젖어 질척거렸다. 지나가는 사람들이 안쓰러운 표정으로 쳐다봤다.

"다 젖었네. 괜찮아요? 다치진 않았어요?"

아람을 안고 있어 어쩌지 못하는 가수는 난감해했다. 아람은 한바탕 울더니 피곤한지 꾸벅거리며 졸았다.

"괜찮아. 집으로 가야겠어."

"저기 앉아서 말리고 가요."

바퀴 하나가 빠진 유모차를 밀며 앞에 있는 벤치로 가려는데 뒤에서 개 짖는 소리가 났다. 잠이 들려던 아람은 그 소리에 놀라 다시 울기 시작했다. 아람을 달래는 가수 옆으로 유모차가 지나갔다. 우리 것보다 좋아 보이는 그 유모차에는 치와와가 타서 고개를 내민 채 짖어댔다. 유모차를 밀고 가던 아주머니는 개를 향해 부드러운 목소리로 말했다.

"애기야, 그만…… 뚝!"

그 소리에 뚝 그친 건 개가 아니라 아람이었다. 아람은 울음을 멈추고 지나가는 개를 쳐다봤고, 개는 우릴 향해 계속 짖었다. 가수와 나는

우리는 가시버시입니다

서로 마주 보고 쓴웃음을 지었다.

햇빛이 잘 비치는 곳에 신발과 양말을 벗어서 말렸다. 아람은 그새 잠이 들었다.

"분명 괜찮다고 했는데⋯⋯."

"돌을 밟아서 그렇지 뭐. 아람이가 안 다쳤으면 됐어."

"오빠, 이 산책로에서 내게 접시꽃 꺾어 준 것 기억해요?"

"그때가 아마 네 생일이었지?"

작년이었다. 퇴학당하고 어쩔 줄 모르고 있을 때 가수는 날 만나자고 했다. 힘들어하는 내게 가수는 인생은 비스킷 깡통이라고 했다. 일 년 동안 많은 변화가 있었다. 가수와 함께 하는 동안 기쁜 시간, 힘든 시간, 슬픈 시간이 반복됐다. 가수와 아람이 있어 좌절도 포기도 하지 않았다. 여전히 사는 게 힘들지만 이젠 잘 견딜 수 있다. 그리고 앞으로도 그럴 것이다.

"오빠, 접시꽃 꽃말이 뭔지 알아요?"

"⋯⋯."

"사랑과 인내."

가수는 그날 내가 준 접시꽃을 일기장 사이에 끼우고, 꽃말을 찾아 밑에 적어 놨다고 했다. 그때 가수는 아기를 낳고 나와 함께 살 것을 예상했을까? 가수는 품에 안겨 자는 아람을 흐뭇하게 내려다보고, 나는 그런 가수를 봤다. 가수가 고개 들어서 나와 눈을 맞췄다. 갑자기 미소 짓던 가수의 표정이 굳더니 눈빛이 흔들렸다. 가수는 내 눈이 아닌 뒤를 보고 있었다. 왜 그러냐고 물으려는데, 가수가 아람을 안은 채 천천히 일어났다. 가수의 시선을 따라 뒤돌아봤다. 한참 보고 나서야 가수가 왜 그러는지 알게 됐다. 나는 맨발인 상태로 천천히 일어났다.

"엄마, 아빠……."

가수가 읊조리듯 말했다. 가수의 엄마 아빠는 산책로를 따라 우리 쪽으로 걸어왔다. 가수 아빠는 걸음이 이상했다. 가수 엄마에게 의지해서 천천히 걸었다. 멀리서 봐도 왼쪽 팔다리가 불편함을 알 수 있었다. 땅만 보고 천천히 걷던 두 사람은 가까이 와서야 우리를 발견했다.

"엄마! 아빠!"

가수가 아람을 안은 채 엄마 아빠에게 다가갔다. 가수 엄마는 "아이고……." 하며 아람을 뺏어 안더니 사랑스러운 눈빛으로 "아이고, 예뻐라."라는 말만 되풀이했다. 가수는 아빠를 안았다. 가수 아빠도 힘겹게 두 팔을 들어 가수를 안은 채 등을 토닥였다. 아무 말도 필요 없었다. 미안하다는 말도, 용서한다는 말도. 부모와 자식이란 이런 걸까? 미워해도 헤어질 수 없는, 내쫓고 떠나도 서로 걱정하는, 그리움이 사무치면 잘못도 삭아 없어져 버리는 관계가 부모와 자식인가 보다. 엄마 아빠를 보고 싶었다.

가수의 엄마 아빠는 우리 집에 처음으로 왔다. 아기용품이 어수선하게 널려 있어서 좁은 집이 더 좁게 느껴졌다. 하지만 불편하지 않았다. 넓더라도 어른 네 명은 가까이 붙어 둘러앉았을 것이다. 가수 엄마는 아람을 안은 채 "내가 네 할미야."라고 가르쳤다. 아람은 울지 않고 품에 잘 안겨 있었다.

가수 아빠는 몇 달 전 뇌졸중으로 쓰러졌다고 했다. 가수가 가출한

우리는 가시버시입니다

이후 가수 아빠는 상심해서 우울증을 앓았다. 빵도 맛이 없어졌고, 자연스레 손님이 줄었다. 간신히 빵집을 유지했다. 가수 아빠는 새벽에 반죽하다 쓰러졌다. 급히 수술했지만, 그 후유증으로 왼쪽 팔다리가 마비됐다. 최근에 재활 치료를 받고 좋아져서 걸을 수 있게 됐다.

가수는 엄마의 얘기를 듣는 내내 울었다.

가수는 아람을 데리고 빵집으로 출퇴근했다. 매일 버스 타고 오가는 것이 힘들지만, 엄마 아빠가 아람을 보고 싶어 한다고 했다. 가수는 편찮은 아빠를 도와 빵을 만들었고, 아람은 가수 엄마가 맡았다. 자기 때문에 아빠가 쓰러졌다는 죄책감으로 가수는 빵집을 부활시키기 위해 애썼다. 처음으로 한 일은 간판 교체였다. 간판을 '보름빵집'에서 '아람빵집'으로 바꿨다. 가수가 떠나자 빵집은 맛을 잃었다. 이제 가수가 돌아왔다. 아람과 함께. 탐스럽게 익은 과실이라는 뜻을 가진 아람의 이름으로 빵은 예전의 맛을 되찾았다. 빵 맛이 좋아지면서 손님이 늘기 시작했다. 하지만 빵만으로 그런 건 아니었다. 사람을 끌어들인 더 큰 이유가 있었다. 빵집에 아람이 있었기 때문이다. 저출생으로 아기를 보기 힘들 때라 그런지 동네 사람들은 아람을 보기 위해 자주 들렀다. 아기가 있는 걸 아는 사람은 빵집을 그냥 지나치지 않았다. 아람을 보기 위해 왔다가 빵을 사 갔다. 어떤 사람은 아기 옷을 선물하기도 했다. 아람도 애쓰는 엄마를 돕고 싶었을까? 할머니 품에서 보채지 않고, 낯선 사람을 봐도 환하게 웃으며 재롱을 부렸다. 빵집에 다시 생기가 돌았다. 고소하고 감미로운 냄새와 아람의 귀여운 웃음소리가 빵집을 가득 채웠다. 빵집에 들른 손님들은 기분이 좋아졌다.

나도 마음 편히 편의점 일을 할 수 있게 됐다. 가수도 일하게 되면서 형편이 조금씩 좋아졌고, 무엇보다 아람에게 할아버지 할머니가 생긴 것이 기뻤다.

'오늘 조금 늦어요.'

똥파리에게 편의점 일을 인계하고 집에 와서 씻고 나니 가수에게서 문자가 와 있었다.

'몇 시쯤 도착? 마중 나갈게.'

'아마 한 시간 후 도착할 듯.'

나는 빵으로 간단히 저녁 식사했다. 가수가 매일 빵을 가져와서 쌓이기 시작했다. 옷을 갈아입고 똥파리에게 갖다주기 위해서 위생백에 빵을 가득 담았다. 다시 편의점으로 가니 똥파리가 핸드폰 게임을 하고 있었다.

"왜 왔어?"

"이거 주려고. 너 가수가 만든 빵 좋아하잖아."

"좋아하지. 안 그래도 출출했는데, 땡큐."

편의점에서 시간을 보내다 가수가 도착할 시각이 돼서 나왔다. 똥파

우리는 가시버시입니다

리는 여전히 핸드폰 게임을 하느라 바빴다. 걸어서 오 분쯤 떨어진 버스 정류장에서 가수가 내릴 것이다. 조금 걷자 앞에 버스 정류장이 보이기 시작했다. 그런데 주변 분위기가 어수선했다. 지나가던 여자가 갑자기 비명을 지르며 뛰어갔다. 그 소리에 사람들이 놀라서 고개를 돌려 쳐다봤다. 사람들이 걸음을 멈추고 커다란 반원을 만든 채 웅성거렸다. 몇몇은 '어떡해?'라며 탄식했고, 몇몇은 들고 있던 핸드폰으로 영상을 찍었다. 나는 모인 사람들 때문에 더는 가지 못하고 걸음을 멈췄다. 무슨 일이지? 앞에 있는 사람들에 가리어져 보이지 않았다. 뒤꿈치를 들어 빈틈으로 보니 누군가 행패를 부리고 있었다. 노숙인처럼 보였다. 길고 헝클어진 머리, 씻지 않은 얼굴과 손, 지저분한 옷, 신발은 어디다 버렸는지 맨발이었다. 노숙인이 내 쪽으로 돌아섰다. 얼굴은 잘 보이지 않았으나 손에는 칼이 있었다. 칼날이 주변 조명에 반사되어 반짝였다. 회색뿐인 노숙인의 손에 들린 칼은 어색하게 빛을 내뿜었다. 노숙인이 칼을 휘저으며 몸을 움직일 때마다 사람들이 소리치며 뒤로 물러났다. 노숙인은 왼쪽 다리를 절룩였다. 다칠 수 있는 상황에서도 도망가지 않고 구경하는 사람들이 이상했다. 아무래도 경찰이 올 때까지 기다리는 것 같았다. 곧 가수가 올 텐데…… 가수에게 다음 정류장에서 내리라고 해야겠다. 핸드폰을 들고 통화하려는데 버스가 오고 있었다. 가수는 내리기 위해 아람을 안은 채 뒷문 쪽에 서 있었다. 나는 두 팔로 엑스자를 만들며 내리지 말라고 소리쳤다. 가수는 반가워서 인사하는 줄 알았는지 환하게 웃어 보였다. 아, 어쩌지? 가수가 버스에서 내리면 노숙인 바로 앞에 서게 된다. 위험해질 수도 있다. 사람들을 뚫고 나가려는데 옆에서 누가 팔을 잡았다. 정장 차림의 할아버지였다. 내가 팔을 빼내려 하자 더 꽉 잡았다.

"왜 그러세요? 저 급해요."

할아버지는 아무 말 없이 짚고 있던 지팡이를 내게 줬다. 이걸로 어쩌라는 거지? 내가 지팡이를 받아 들자 팔을 놓아줬다. 그때 버스에서 가수가 내리고 있었다. 나는 길을 막아선 사람들을 옆으로 밀며 나가 가수와 노숙인 사이에 섰다. 노숙인은 나를 향해 칼을 휘두르며 위협했다. 가수는 비명을 질렀다. 나는 한 번의 기회를 노렸다. 그때 경찰 사이렌 소리가 들렸다. 노숙인이 소리 나는 쪽을 향해 고개를 돌렸다. 이때다. 지팡이로 칼 든 손을 때리자 노숙인이 칼을 떨어트렸다. 노숙인은 맞은 손을 다른 손으로 쥐며 울부짖었다. 나는 떨어진 칼을 발로 차서 멀어지게 했다. 노숙인이 언제 갑자기 공격할지 몰라 지팡이를 쥔 채 긴장을 놓지 않았다. 노숙인이 고개 들어서 날 노려봤다. 일그러진 표정 속에서 빛나는 눈빛이 익숙했다. 어? 너는……. 두 경찰이 노숙인을 제압해서 경찰차에 태웠다. 구경하던 사람들은 공연장을 빠져나가듯 빨리 흩어졌다. 다른 경찰은 다친 사람이 없는지 살폈고, 노숙인이 칼을 훔친 술집 주인과 얘기 나누며 수첩에 기록했다. 나는 지팡이를 돌려주기 위해 할아버지를 찾았다. 그런데 보이지 않았다. 어쩔 수 없이 지팡이를 가지고 집으로 갔다. 가수는 집까지 가는 동안 덜덜 떨었다. 아람은 내 품에 안겨 잠들었다. 가수는 잠든 아람 옆에 누웠다.

"잠깐 나갔다 올게. 혼자 있어도 되겠어?"

"무슨 일 있어요?"

"경찰서에 가 보려고."

"왜요?"

"그 사람…… 내가 아는 사람 같아. 확인해 봐야겠어."

"그러면 조심히 다녀와요."

경찰서에서 노숙인을 금방 찾을 수 있었다. 노숙인은 경찰 앞에 앉아 질문에 답하고 있었다. 내가 다가가자 경찰은 무슨 일이냐고 물었다. 노숙인은 푹 숙이고 있던 고개를 들어서 날 올려다봤다. 내 예상이 맞았다. 물떡이었다. 나는 물떡 손을 잡았다.

"으악."

반가워서 손을 잡았는데, 하필 지팡이로 맞은 손이었다.

"아, 미안."

다시 물떡 양팔을 잡았다.

"나야, 지표. 기억하지? 나는 쑤덕이고 너는 물떡이었잖아."

"알아, 임마."

물떡의 목소리는 거칠었다. 힘든 삶의 흔적이 먼지처럼 목구멍에 쌓여 있었다. 도대체 무슨 일을 겪었길래……? 똥파리에게 가끔 물떡의 소식을 물었다. 언제부턴가 똥파리도 연락되지 않는다고 했다. 가출했다는 소문을 들었다고 했다. 그 소문이 정말이었나? 가출해서 노숙인이 된 걸까? 내가 신원 보증을 해서 물떡은 풀려났다. 나가려는데 경찰이 어디서 슬리퍼를 구해와 물떡에게 줬다.

"너 나랑 어디 좀 가자."

물떡은 내가 이끄는 대로 말없이 따라왔다. 물떡을 편의점으로 데리고 갔다. 똥파리가 졸고 있었다. 물떡을 편의점 앞에 놓인 플라스틱 의자에 앉혔다.

"밥은 먹었어? 뭐 좀 마실래?"

"소주."

물떡은 이미 술 냄새가 심하게 나는데도 술을 찾았다.

"그래, 나랑 한잔하자."

편의점으로 들어가자 똥파리가 일어났다. 나는 소주와 안줏거리를 집어와 계산했다. 바코드를 찍으며 똥파리는 왜 술을 사냐고 물었다. 물떡이 와 있다는 말에 놀라서 함께 밖으로 나왔다.

"야, 물떡! 정말 물떡이야? 왜 이 꼴이 됐어?"

똥파리는 놀라다 화내다 울먹였다. 나는 두 개의 종이컵에 소주를 따라 한 잔을 물떡 앞에 놓았다. 물떡은 오른손으로 컵을 쥐려다 아파서 신음했다. 오른손이 퉁퉁 부어 있었다. 왼손으로 컵을 들고 단숨에 들이켰다. 나는 근처 약국에 가서 약을 사 왔다. 급한 대로 생수로 다친 손을 닦았다. 약을 바르고 붕대를 감았다. 똥파리가 얼음을 꺼내와 다친 손 위에 올렸다. 그러는 동안 물떡은 땅바닥만 쳐다봤다.

"미안해. 아프지?"

물떡은 대답하지 않았다. 술을 따라주지 않자 물떡은 직접 종이컵에 따랐다. 술병을 든 왼손이 떨려 반은 옆으로 흘렀다. 대충 따르더니 또 단숨에 마셨다.

"너 왜 그랬어?"

우리는 가시버시입니다

물떡은 괴로워했다.

"죽고 싶었어. 아무나 한 명 죽이고 나도 죽으려고 했어."

그렇게 내뱉고 소주를 병 채로 마셨다.

"더러운 세상. 내가 더럽다고 내쫓잖아. 돈이 있다는데도."

소주 한 병이 금방 비었다. 똥파리가 한 병 더 가져오려는 걸 말렸다. 이것만 마시고 그만하라는 뜻으로 내 앞에 놓인 술잔을 물떡에게 줬다. 소주 한 병을 마시고 만족했는지 물떡은 나와 똥파리의 질문에 떠듬떠듬 느리게 답했다.

물떡은 우리와 함께 퇴학당한 후 방에 박혀서 게임만 했다고 한다. 폐인처럼 지내는 자식을 어떤 부모가 좋아할까? 매일 잔소리가 늘자 물떡은 가출했다. 게임방에서 시간을 보내다 돈이 떨어지면서 가출한 애들과 어울리게 됐다. 술, 담배, 게임을 하다가 지루해지면 오토바이를 타고 돌아다녔다.

"그러다 오토바이 사고가 났어."

설날을 앞두고 일어난 사고가 떠올랐다. 나는 그 사고 트라우마 때문에 배달을 그만뒀다. 설마……. 그때 나 대신 사고 나서 다친 사람이……. 아니겠지?

"그때 사고로 다리가 이렇게……."

물떡은 바지를 올려 수술한 다리를 보여 줬다.

"절뚝거리니까 애들이 놀아 주지도 않더라고. 같이 있으면 창피하다나? 풉. 혼자 떠돌다 보니 이 꼴이……."

"너 그 사고…… 언제야?"

갑작스레 묻자 똥파리와 물떡이 놀라서 날 쳐다봤다.

"글쎄……."

"잘 생각해 봐."

편의점으로 손님이 들어가자 똥파리가 급하게 따라 들어갔다.

"깍기 하려고 모임 장소로 가던 중이었는데……."

"깍기?"

"차선 바꾸면서 지그재그 질주하는 거."

"그러니까 그게 언젠데?"

"아, 설 전날이다."

물떡의 대답을 듣자 손이 떨리고, 심장이 쿵쾅거렸다.

"혹시 그 사고 장소가 대형 마트 사거리야?"

"응. 네가 그걸 어떻게 알아?"

이럴 수가. 나의 실수 때문에 다친 사람이 물떡이었다니. 왜 이런 일이……. 나와 물떡이 뭘 얼마나 잘못했기에 이런 고통을 받는 걸까? 도대체 왜? 나는 물떡 앞에 무릎을 꿇고 울부짖었다.

"미안해……. 나 때문이야."

물떡은 당황했다. 똥파리는 손님을 보내고 다시 밖으로 나왔다. 날 보고 놀라서 일으켜 의자에 앉혔다. 똥파리와 물떡은 내가 진정하길 기다렸다. 나는 그날 무슨 일이 있었는지 설명했다. 설명을 다 들은 물떡은 다친 다리를 어루만졌다.

"그게 왜 네 잘못이냐? 네가 아니었어도 언젠가 났을 사고야. 난 그때 오토바이 타다 죽어도 그만이라고 생각했거든."

똥파리도 날 위로했다.

"그래, 지표야. 죄책감 느낄 필요 없어. 우리가 자꾸 얽히는 거 보면 떨어질 수 없는 인연인가 봐."

밤이 깊어졌다. 똥파리는 못다 한 얘기는 내일 하자고 했다.

"넌 어디로 갈 거야?"

내 질문에 물떡은 "집에 가야지."라고 말하더니 웃었다. 엉망인 몰골에서도 고등학생 때 봤던 물떡의 미소가 떠올랐다.

가수를 빵집까지 바래다주고 편의점으로 갔다. 똥파리와 물떡이 앉아 얘기하고 있었다. 하루 사이에 물떡은 고등학교 친구의 모습으로 돌아와 있었다.

"깁스했네?"

"다행히 부러지진 않고 금만 갔대."

"미안해."

"미안하긴……. 이 정도 죗값은 치러야지. 너라서 다행이야. 날 막은 게. 지팡이로 맞고서야 널 알아봤어. 그래서 그냥 있었던 거야. 다른 사람이었으면 수단 방법을 가리지 않고 죽이려 들었을 거야. 내가 끝까지 가지 않도록 네가 막아준 거야. 그래서 고마워."

"지표야, 좋은 소식."

똥파리는 히죽거리며 나와 물떡을 번갈아 봤다.

"물떡도 우리랑 같이 일하기로 했어. 우리 둘이 일하기 힘들었잖아.

안 그래도 알바 한 명 뽑을까 했는데……. 아빠가 허락했어. 잘됐지?"

"와, 잘됐다. 그러면 좋지. 신난다."

"고마워……."

우리는 울먹이는 물떡을 부둥켜안고 빙빙 돌면서 어린아이처럼 뛰었다.

물떡에게 이것저것 가르치고 있는데, 가수에게서 전화가 왔다. 이 시간에 무슨 일이지?

"오빠, 오빠!"

들뜬 가수의 목소리가 크게 울렸다. 다급하게 부르는 소리에 무슨 큰일이 생긴 건지 걱정부터 됐다.

"왜 그래? 무슨 일이야?"

"지금 유튜브 봐 봐요. 빨리……."

"전화를 끊어야 보지."

"아, 그러네. 그러면 전화 끊고 '묻지마 지팡이'로 검색해 봐요."

전화를 끊고 가수 말대로 유튜브를 열어 검색했다. 여러 영상이 아래로 쭉 떴다. 맨 위 영상의 제목은 '묻지마 범죄를 지팡이로 제압한 용감한 시민'이었다. 터치하니 내가 지팡이로 물떡의 손을 쳐서 칼을 떨어트리는 장면이 재생됐다. 자막에는 제보 영상이라고 떠 있었다. 물떡은 모자이크 처리됐지만, 내 얼굴은 그대로였다. 현장을 목격한 시민이 인터뷰도 했다. 옆에서 얼굴을 디밀고 함께 보고 있는 물떡을 흘깃 봤다. 표정 변화가 없었다. 똥파리는 "너 유명해졌다."라며 흥분했다.

우리는 가시버시입니다

나는 무심한 듯 핸드폰을 끄고 물떡을 계속 가르쳤다. 과거를 잊고 다시 시작하려는 물떡이 좌절할까 봐 걱정됐다. 아무 일도 없었다는 듯이 지나가길 바랐는데, 많은 사람이 찍은 영상이 다양하게 올라와 있었다. 그 많은 영상은 지워지지 않은 채 평생 남아 있을 것이다. 똥파리는 눈치가 보이는지 몰래 영상과 댓글을 봤다. 똥파리에게 잔소리하려고 노려보는데, 물떡이 괜찮다고 했다. 그동안 사람들이 나와 물떡에게 관심이 없었듯 계속 그랬으면 좋겠다. 하지만 그건 나만의 바람이었다.

어떻게 알았는지 편의점으로 기자가 찾아왔다. 하필 계산대에 물떡이 혼자 있었다. 나는 창고에서 정리 중이었다.

"저는 방송국 기자입니다. 여기서 한지표 씨가 일한다는데, 만날 수 있을까요?"

정리하던 나는 그 소리에 놀라서 창고 문 뒤에 숨은 채 지켜봤다. 다행히 기자는 물떡을 알아보지 못했다. 노숙인일 때 모습과 너무 달라서 그런 것 같았다. 하긴 나도 처음에 못 알아봤으니……. 물떡은 눈동자만 움직여 나를 봤다. 나는 손으로 엑스자를 만들어 보였다.

"지금 없습니다."

"여기서 일하는 게 맞는군요. 언제 와야 만날 수 있죠?"

"모르겠습니다."

"근무 시간이 정해져 있지 않나요?"

"제가 여기서 일한 지 얼마 되지 않아서 잘……."

기자는 다시 오겠다는 말을 남기고 갔다. 그 후 방송국 기자뿐만 아니라 신문사, 잡지사 기자와 유튜버들이 수시로 왔다. 내가 여기서 일하는 건 어찌 알았지? 다행히도 집으로 찾아오진 않았다. 똥파리는 내게 며칠 나오지 말라고 했다. 며칠 지나면 잠잠해질 것이다. 사흘 동안 집에만 있으니 답답했다. 가수와 아람이 없는 낮엔 지루해서 미칠 지경이었다. 이젠 괜찮겠지? 확인하기 위해 똥파리에게 전화했다.

"이젠 기자들 안 와."

"그럼 나 지금 간다."

"기자들 안 오니까 조금 아쉽다."

"뭐가?"

"너 대신 내가 인터뷰했거든."

"뭐? 너 쓸데없는 소리 한 거 아니지?"

"당연하지. 네 덕분에 내가 기사에도 뜨고, 편의점 매출도 올랐어."

똥파리는 기분이 좋은지 내내 히히거리며 웃었다.

"물떡은 괜찮아?"

"걱정하지 마. 아무도 못 알아봐. 그 노숙인은 이제 없는 사람이야."

전화를 끊고 바로 편의점으로 갔다. 일하러 가는 내내 신났다. 똥파리와 물떡이 보고 싶었다.

편의점에서 일하는 동안 기자는 오지 않았다. 손님 중 몇 명이 날 알아봤을 뿐이다. 일을 마치고 집으로 가는데 느낌이 이상했다. 누군가따라오는 것 같았다. 이대로 계속 가면 집도 알려질 텐데……. 도망갈까? 그냥 인터뷰할까? 더는 안 되겠다는 생각에 발걸음을 멈추고 휙 돌

우리는 가시버시입니다

아섰다. 따라오던 사람이 숨지도 않고 그대로 서 있었다. 검은색 양복 차림을 한 중년의 남자였다. 키가 크고, 머리가 잘 정돈되어 있었다.

"왜 따라오세요? 저 인터뷰 안 해요."

남자는 대답도 없이 나를 향해 걸어왔다. 나는 뒷걸음질했다. 어느덧 바로 앞에 선 남자는 도망 못 가게 내 팔을 잡았다.

"오해하신 거 같은데, 전 기자가 아닙니다."

남자는 나이 어린 내게 존대했다. 남자는 잡았던 팔을 놓고, 웃으며 명함을 꺼내 내게 건넸다. 남자의 온화한 미소를 보니 마음이 놓였다. 명함에는 상호도 없이 직책, 이름, 연락처만 적혀 있었다.

'비서?'

"회장님이 보내셔서 왔습니다."

"회장님이요?"

"지팡이 가지고 계시죠?"

"아……."

내게 지팡이를 건넸던 할아버지가 회장님이었구나.

"잠시만요."

집에 가서 지팡이를 가져왔다.

"여기요. 회장님께 감사하다고 전해 주세요. 덕분에 가족을 지킬 수 있었다고. 그리고 친구도……."

"회장님께서 당신을 보고 싶어 하십니다. 내일 함께 식사하길 원하시는데 가능할까요?"

남자는 내게 약속 시간과 장소를 알려줬다.

"저…… 가족과 함께 가도 될까요?"

"물론입니다. 그러시길 원하십니다. 그러면 오시는 것으로 알고 가겠습니다."

남자는 고개 숙여 인사했고, 나는 허리 굽혀 인사했다. 회장님이라는 분이 나 같은 사람을 만나고 싶어 하다니……. 별일도 다 있다. 왜 만나고 싶어 할까 하는 궁금증은 금방 사라졌다. 그것보다 평생 갈 수 없는 고급 식당에 가수와 함께 초대받았다는 게 신났다. 빨리 가수에게 얘기하고 싶어서 뛰었다.

약속 시각은 저녁인데 가수는 아침부터 분주했다. 아람을 일찍 엄마에게 맡기고 온 가수는 모든 옷을 꺼내 놓고 고민했다. 편의점 일을 마치고 온 내게도 옷을 갈아입게 시켰다. 그냥 깔끔하게 입고 가면 된다는 내 말을 들은 척도 안 했다. 가수는 한참 고민하더니 입을 옷이 없다며 사러 나가자고 졸랐다. 마치 여행 가듯 들떠 있는 모습을 보니 기분이 좋았다. 가수의 기분을 맞춰 주기 위해 옷을 사러 갔다. 여기저기 둘러보던 가수는 원피스를 샀다. 아람을 키우면서 가수는 편한 옷만 입었다. 자기를 꾸미기 위해 오랜만에 옷을 사며 즐거워하는 가수의 모습에 마음이 짠했다.

"오빠도 사요."

"괜찮아."

"그러면 나도 안 살래요."

결국 가수가 고른 셔츠를 샀다.

　　　　　　　　우리는 가시버시입니다

새 옷을 입고 약속 시각에 맞춰 식당으로 갔다. 식당이 있는 건물 앞에 도착하니 들어가기가 망설여졌다. 다른 세상으로 들어가는 느낌이 들었다. 인도와 차도를 가득 채운 사람들과 차들이 신호등에 따라 강과 지류가 만나고 갈라지듯 움직였다. 건물 앞에 선 우리가 길 위에 세워진 조형물처럼 느껴졌다.

"들어가자."

가수는 내 손을 잡았다. 건물 안으로 들어가니 정장 차림으로 오가는 사람들 때문에 생경했다. 우리의 옷차림이 촌스러워 보였다. 엘리베이터를 타고 M층으로 갔다. 배달하면서 엘리베이터에 F라고 적힌 버튼은 많이 봤어도 M은 처음이었다. M은 무슨 뜻일까? 쓸데없는 생각 중에 엘리베이터 문이 열렸다. 식당 앞으로 가니 입구에 꽃 모양 세 개가 그려져 있었다.

"헉, 쓰리 스타."

가수의 말에 그게 꽃이 아니라 별이란 걸 알게 됐다. 직원에게 이름을 말하니 방으로 안내했다. 때마침 비서 아저씨가 나를 보고 다가왔다. 낯선 장소에서 어제 본 사람을 만나니 반가웠다.

"안녕하세요?"

"어서 오세요. 이쪽입니다."

아저씨가 문을 열어 줘서 들어가니 지팡이 주인인 할아버지가 혼자 앉아 있었다. 가수와 나는 어색하게 허리 숙여 인사했다.

"안녕하세요?"

"어서들 와요. 이쪽으로……."

맞은편에 앉자 음식이 들어왔다.

"초대해 주셔서 감사합니다."

"무슨 소리……. 초대에 응해 줘서 내가 감사하죠. 그리고 이 지팡이도……."

"말 편히 하셔도 됩니다."

"그럴까? 이 지팡이, 내가 오랫동안 사용한 거라서 못 찾을까 봐 걱정했거든. 잘 돌려줘서 고맙군."

"할아버지……, 아니 회장님께서 때마침 지팡이를 빌려주셔서 별일 없이 잘 막아냈습니다."

"지팡이가 아니라 자네 용기가 막아낸 거지. 요즘 누가 그렇게 위험을 무릅쓰고 나서겠나?"

"사실 제 아내와 아이를 지키려고 그런 겁니다."

"알고 있네. 그래서 그 용기가 더 대단한 거야. 가족을 지킬 줄 아는 사람이 다른 사람도 지킬 줄 알지."

"과찬이십니다."

음식은 코스로 나왔다. 자리가 불편해서 맛도 모른 채 앞에 놓이는 대로 먹었다. 회장님은 식사하면서 우리가 어떻게 사는지, 아기를 어떻게 키우는지 물었다. 메인 요리를 먹자 회장님은 입을 닦으며 우리를 지켜봤다. 나는 수저를 내려놨다.

"음식은 입에 맞나?"

"네. 맛있습니다."

"다행이군. 음……. 자네에게 제안 하나 하고 싶은데……."

우리는 가시버시입니다

"네, 말씀하세요."

"자네 계속 공부하고 싶지 않나? 대학도 가고."

"그래서 아기가 좀 더 크면 검정고시 준비하려고 합니다."

"공부도 때가 있다네. 내가 자네 생활비, 양육비, 학비를 모두 지원할 테니 당장 공부를 시작해 보는 게 어떤가? 자네뿐만 아니라 부인도."

가수와 나는 놀라서 서로를 봤다.

"지금 결정하기 힘들 테니 생각 좀 해 보고 알려 주게. 비서에게 명함 받았지?"

"저는 회장님을 지금 처음 뵀습니다."

"아니. 두 번째지."

"아, 그러네요. 저는 회장님을 잘 모르고, 회장님도 절……."

"난 자넬 잘 알아. 아니군. 자네를 잘 아는 사람을 안다고 해야겠군."

날 잘 아는 사람? 내 주변에 회장님 같은 사람을 알고 지낼 만한 사람은 없는데……. 그때 방문이 열리며 젊은 여자가 들어왔다. 세 사람은 모두 그녀를 쳐다봤다. 그녀는 딱 봐도 대학생 같았다. 학교 수업을 마치고 급히 온 듯했다.

"할아버지, 저 왔어요."

"그래. 늦었구나."

"오늘 수업이……. 그러게, 주말에 보자니까 뭐가 그리 급하서서……."

"너도 내 나이 돼 봐라 하루가 얼마나 소중한지……."

"또 나이 얘기."

회장님의 손녀구나. 손녀는 가수에게 "안녕하세요? 만나서 반가워요."라고 미소 지으며 인사했다. 그러더니 나에겐 "안녕? 오랜만이야."라고 했다. 응? 나는 '안녕'이라고 해야 할지 '안녕하세요'라고 해야 할지 몰라 고개만 숙여 인사했다.

"뭐야? 나 몰라?"

자세히 보니 어디서 본 듯했다. 그런데 기억이 나지 않았다. 내게 인사하는 걸 봐선 동갑이거나 연상일 텐데…….

"섭섭하다. 친구도 못 알아보고……. 내 이름도 모르지?"

친구? 아무래도 기억이 나지 않았다. 답답한 마음에 가수를 봤다. 가수는 자기도 모른다는 표정으로 쳐다봤다. 도저히 모르겠다. 그냥 물어보자.

"미안한데……요. 기억이 잘……."

"요? 친구끼리 왜 그래? 우리 같은 반이었잖아. 임예원, 기억 안 나?"

그녀는 자신의 이름을 또박또박 말했다.

"몇 학년 때?"

"야, 너 퇴학당하더니 기억을 지웠냐? 고3 때!"

이상하게 기억이 안 났다. 똥파리 외에는 반 애들과 잘 어울리지 않긴 했지만, 얼굴도 못 알아보다니.

"내 이럴 줄 알았어. 그래서 가져왔지."

그녀는 가방을 열더니 쪽지 하나를 꺼내서 내 앞에 펼쳐 놓았다. 쪽지엔 내 글씨체로 뭔가가 적혀 있었다. 쪽지를 집어 들어 자세히 봤다.

'네 잘못이 아니야. 넌 잘못한 게 없어. 그냥 재수 없게 지나가는

미친개한테 물렸다고 생각해.'

아, 이 쪽지……. 노쌤에게 상담 안 하냐고 물었다가 난처해진 애에게 줬던 기억이 났다. 그때 그 애는 단발머리에 안경을 쓰고 있었는데……. 회장님 옆에 앉아 웃고 있는 애는 긴 생머리에 안경을 쓰지 않고 화장도 했다. 고등학생 때 얼굴이 겹쳐지면서 무의식에 가라앉아 있던 기억이 떠오르기 시작했다.

"아, 너는……."

기억난다는 듯 검지로 가리키자 예원은 고개를 끄덕였다.

"이제야 기억하는구나. 그 쪽지 보관하길 잘했네."

"이걸 가지고 있었어?"

손에 들고 있던 쪽지를 예원에게 되돌려 줬다.

"찾아보니 일기장에 끼워져 있더라고. 그날 이 쪽지가 얼마나 힘이 됐는데……."

"어떻게 이런 일이……."

이런 우연은 드라마에서나 일어나는 일인 줄 알았는데, 나에게 일어나다니.

"이제 인사가 끝난 건가? 자네, 부인, 손녀 그리고 나까지…… 이렇게 만날 인연이었던 거지. 이런 게 인생이지. 그날도 임대차 계약이 있어서 갔다가 우연히 자네를 만나게 됐네. 그 사건이 일어난 식당 건물이 내 것이거든. 자네는 가족을 지켰지만, 그 덕분에 나는 건물 이미지를 지켰지."

"할아버지랑 뉴스 보는데 그 사건이 나오더라고. 널 바로 알아보겠더라. 어쩜 고등학교 때 그대로냐. 네가 퇴학당하고 어떻게 사는지 궁금했어. 만나 보고 싶기도 했고. 그래서 할아버지에게 네 얘기하고, 식사하자고 했지."

"손녀에게 들었네. 자네가 수학을 잘했다는 것도, 억울하게 퇴학당한 이유도."

두 사람의 얘기를 멍하니 듣기만 했다.

"할아버지, 그 얘기 하셨어요?"

"그래."

"지표야, 할아버지 말대로 공부 다시 시작하는 거 어때? 자존심 세우지 말고……. 너 같은 수학 천재가 공부를 멈추면 사회적으로도 손해 아냐?"

예원의 말에 대답하지 않자 어색한 공기가 흘렀다.

"혹시…… 기분 나빴다면 미안해."

예원은 사과했지만, 기분 나쁘지 않았다. 그저 궁금할 뿐이다.

"회장님, 왜 절 돕고 싶어 하시죠? 손녀의 친구긴 하지만 남인데요."

회장님은 나와 눈을 맞췄다.

"나의 행복을 위해서네."

"……"

"자네는 지금 행복한가?"

"네. 그렇습니다."

"행복한가 물으면 보통 사람들은 망설이다 대답하는데, 자네는 바로 그렇다고 하는군. 좋아, 내 말을 이해할 수 있겠어."

회장님은 '너도 잘 들어봐'라는 뜻으로 예원의 어깨를 다독였다.

"사람은 행복하길 원하지. 내가 팔십 세월을 살고 알게 된 건 행복은 크기와 상관없다는 거야. 행복은 연속적인 반복에 있다네. 남들이 부러워하는 대학에 합격하고, 누구나 아는 대기업에 취업하면 행복할까? 매우 기쁘겠지. 한 달 정도. 길면 육 개월? 그건 짧은 기쁨이지 행복이 아니야. 희로애락이 연속적으로 반복되어야 행복이지. 기뻤다가 화났다가 슬펐다가 즐거워야 해. 한 가지만 계속된다면 행복을 느낄 수 없다네. 힘든 일이 계속되면 당연히 불행하겠지. 사람들은 나를 부러워해. 돈이 많으면 항상 행복한 줄 아는데 그건 착각이야. 인생은 희로애락의 반복이지. 팔십 년, 십 년, 일 년, 한 달, 하루 안에도 희로애락이 있어야 행복하다네."

"인생도 프랙털이군요."

"그게 뭔가?"

"임의의 한 부분이 전체 형태와 닮은 도형을 말합니다. 수학자 망델브로가 만들었죠."

"역시 손녀 말대로 똑똑한 친구군. 내 말을 잘 이해했어."

회장님은 미소 짓는 예원을 본 후 물을 한 모금 마셨다.

"내가 회장이 되기까지의 시간에도 희로애락이 많았지. 나쁜 일이 생기면 그걸 극복하고, 기회가 생기면 성취하면서 행복했다네. 그런데 어느 순간 행복하지 않은 거야. 내가 없어도 회사는 잘 굴러가고, 기쁨도 화도 슬픔도 즐거움도 못 느끼고 죽을 날만 기다리는 꼴이 돼 버렸지. 그나마 손녀가 크는 모습 보면서 행복했는데……. 고등학생 때부터 바쁘다고 얼굴도 잘 안 보여 주니……."

예원은 회장의 시선을 피해 다른 곳을 봤다.

"그러던 중 자네를 만났지. 뉴스에서 자네 친구 인터뷰를 보고, 손녀 얘기를 들어보니 자네는 내 말을 이해할 수 있겠단 생각이 들었네. 자네를 돕는 대가로 자네의 희로애락을 공유하고 싶네. 자네가 성장하는 모습을 볼 수 있다면 영광이 아니겠는가."

지금까지 날 떠나거나 스치거나 머물러 있는 사람들이 생각났다. 누군가는 날 기쁘게 해 줬고, 누군가는 화나게 했고, 누군가는 슬프게 했고, 누군가는 즐겁게 해 줬다. 나도 누군가에게 그런 존재일 거란 생각이 드니 마음이 무거웠다. 나같이 미약한 사람이 회장님 같은 거대한 사람에게 행복을 줄 수 있는 존재라니……. 미약해도 존재만으로 누군가에게 행복이 될 수 있구나.

나는 수학 문제를 풀 듯 삶의 어려움을 해결하려고 했었다. 인생은 수학처럼 풀리지 않는다. 회장님의 말을 듣고 공식과 논리가 아니라 사람으로 풀어야 한다는 걸 깨달았다. 나를 힘들게 하는 사람과 내가 아끼고 좋아하는 사람 모두를 받아들여야 스스로 인생을 풀 수 있다.

아람을 보고 싶어졌다. 가수를 쳐다봤다. 우리 이만 가자.

"감사합니다. 회장님 말씀 덕분에 제가 앞으로 어떻게 살아야 할지 깨달았습니다."

자리에서 일어나 허리 굽혀 구십 도로 인사했다. 가수도 일어나 급하게 따라 인사했다.

"회장님 말씀을 듣고 결정했습니다. 제안은 감사하지만, 회장님의 도움 없이 저 스스로 성장해 보겠습니다."

회장님과 예원도 일어섰다.

"난 이미 자네가 제안을 거절할 거라 예상했네. 하지만, 꼭 한 번 도움이 필요할 때 연락하게."

"네. 감사합니다."

집으로 가는 버스 안에는 정적이 흘렀다. 스피커에서 나오는 음악 소리가 개선 행진곡처럼 들렸다. 창문에 기댄 채 잠든 사람, 핸드폰으로 영상을 보는 사람, 창밖 풍경을 멍하니 보는 사람. 사람들의 모습이 내가 사는 세상에 와 있음을 알려 줬다.

"오빠, 내가 무슨 생각 하게요?"

옆에 앉은 가수가 내 얼굴을 빤히 쳐다보며 물었다.

"아까워? 회장님 제안을 거절해서?"

"아니요."

가수는 고개를 돌려 창밖을 바라봤다.

"배고파요."

"나도."

"비싼 음식은 맛도 없고, 양도 조금인가 봐요."

"그러게. 접시에 한 조각씩 나오던데. 맛만 보라는 건지. 쩝."

"오빠, 집에 가서 라면 끓여 먹어요."

"그래. 나는 밥도 말아 먹어야지."

아람은 세 살이 됐고, 가수는 열아홉 살이 됐다. 부모 동의 없이 신고할 수 있는 성인의 자격이 됐다. 가수가 만 열아홉 살이 되는 날 미뤄왔던 혼인 신고를 했다. 신고서 남편에 한지표, 아내에 왕가수를 적었다. 증인은 똥파리와 물떡이 해 줬다.

혼인 신고를 마치고 주민 센터를 나오는데 사진관이 보였다. '가시버시 사진관'이란 간판이 달려 있었다.

"오빠, 우리 기념으로 사진 찍어요."

사진관 내부는 작았다.

"어서 오세요."

아주머니가 반갑게 우릴 맞았다. 전신 거울 앞에서 매무새를 가다듬는 동안 아저씨가 조명과 카메라를 점검했다. 가수는 아주머니와 얘기를 나눴다.

"가시버시가 무슨 뜻이에요?"

"부부라는 뜻이에요. 우리 부부가 운영한다는 뜻으로 사진관 이름을 그렇게 지었어요."

아주머니의 대답에 가수가 뭔가 말하려는데, 아저씨가 불렀다.

"자, 준비됐습니다. 오세요."

아저씨는 이것저것 주문하며 여러 장을 찍었다.

"남자분 웃어요. 여자분 고개 오른쪽으로 조금만……. 자, 찍습니다. 하나둘……."

'찰칵' 거리는 소리와 동시에 조명이 터졌다. 촬영을 마친 아저씨는 찍은 사진을 보여 줬다. 모니터 속에서 가수는 나에게 팔짱을 낀 채 웃고 있었다. 우리가 가장 마음에 드는 사진을 고르자 아저씨는 삼십 분만 기다리라고 했다. 아주머니는 종이컵에 커피믹스를 타서 줬다.

"고맙습니다."

"두 사람 잘 어울리네. 연인 사인가? 커플 사진 찍는 거 보니 백일 기념?"

가수는 날 보고 미소 짓더니 아주머니에게 답했다.

"우리도 가시버시입니다."

덧붙이는 글

　고등학생 때 수학을 조금 잘한 사람은 이미 주인공의 이름이 무엇인지 눈치챘을 것입니다.

　상용로그의 지표와 가수. 지금은 교육과정에서 사라졌지만, 몇 년 전만 해도 대학수학능력시험에 출제될 정도로 중요하고 어려운 개념이었습니다. 자세한 설명은 생략하고 간단히 예를 들면,

　　$\log A = 2.345 = 2 + 0.345$

이면 지표는 2, 가수는 0.345입니다. 그런데

　　$\log B = -2.345$

이면 지표는 -3, 가수는 0.655입니다. 왜냐하면

　　$\log B = (-2) + (-0.345) = (-3) + 0.655$

이기 때문입니다. 즉, 가수는 항상 양수여야 합니다. 그리고 그때 정수를 지표라고 합니다.

　학생들에게 이 내용을 가르칠 때마다 지표의 개념에서는 '희생'을, 가수의 개념에서는 '긍정'을 느꼈습니다.

　희생과 긍정을 통해 행복을 찾는 이야기를 쓰면서 '지표'와 '가수'는 주인공으로 탄생하게 되었습니다.

우리는 가시버시입니다